Ferzan Özpetek
Wie ein Atemzug

Ferzan Özpetek

Wie ein Atemzug

Roman

Aus dem Italienischen
von Christiane Pöhlmann

PIPER

Mehr über unsere Autoren und Bücher:
www.piper.de

Wenn Ihnen dieser Roman gefallen hat, schreiben Sie uns unter Nennung des Titels »Wie ein Atemzug« an *empfehlungen@piper.de*, und wir empfehlen Ihnen gerne vergleichbare Bücher.

ISBN 978-3-492-07123-9
© Ferzan Özpetek
© Mondadori Libri S.p.A., Milano, 2020
Titel der italienischen Originalausgabe:
»Come un respiro« bei Mondadori Libri S.p.A., Mailand, 2020
© Piper Verlag GmbH, München 2021
Satz: Satz für Satz, Wangen im Allgäu
Gesetzt aus der Adobe Caslon Pro
Druck und Bindung: GGP Media GmbH, Pößneck
Printed in Germany

Für Valter
Für Asaf

Ich liebe dich, doch du
weißt nicht, dass mein Herz mir bricht,
weil mehr es da nicht gibt.
Türkisches Gedicht, anonym

Denn unerfüllte Liebe endet nie.
Männer al dente

Kaş, 20. Juni 2019

Liebe Adele,

*diesen Brief schreibe ich Dir von der Terrasse eines
Cafés mit Blick auf den Hafen von Kaş. Ich werde
wohl noch eine Woche hierbleiben. Es ist lange her, seit
ich mich das letzte Mal bei Dir gemeldet habe, um Dir
zu berichten, was ich alles erlebe und wie viel Freude
mir mein neues Leben fern der alten Heimat bereitet.
Inzwischen ist noch mehr geschehen, und einige
Ereignisse sind nicht spurlos an mir vorübergegangen.
Im Laufe der Zeit ist mir mein Schwung ein wenig
abhandengekommen, aber angeblich ist das normal,
schließlich bin ich längst eine »reifere« Frau. Für Dich
gilt das ebenso, obwohl ich mir das kaum vorstellen
kann.*

*Das letzte Jahr hat mir ordentlich zugesetzt, auch
körperlich, sodass ich mich selbst manchmal kaum
wiedererkenne. Jeder Tag verschleißt mich mehr. Wenn
ich in den Spiegel blicke, schaut mich eine Fremde an.
Ich habe viel Freude erfahren, aber auch viel Leid, doch*

stets wiegt der letzte Schmerz am schwersten. Vor einem Monat ist mein teurer Freund Dario von uns gegangen. Er lebte zwar nicht mehr in der Türkei, aber wir sind in Kontakt geblieben und haben fast jede Woche miteinander telefoniert. Eigentlich wollten wir uns in diesen Sommertagen hier in Kaş treffen. Der Tod hatte es jedoch eilig und hat ihn geholt, ohne uns Zeit für den Abschied zu lassen. Um ihn weine ich, wie ich vielleicht noch nie zuvor um jemanden geweint habe, nicht einmal um eine unerfüllte Liebe. Immer wieder denke ich an seinen Optimismus, an seine unwiderstehliche Ironie und an seine Ehrlichkeit, mit der er sich einen Weg direkt zu meinem Herzen zu bahnen wusste.

Heute strahlt die Sonne, doch ich sitze im Schatten, zusammen mit den Gespenstern der Vergangenheit, denn eine Angst, die ich nicht beschreiben kann, nimmt mir die wenige Luft zum Atmen, die mir noch bleibt. Wäre das Leben nur etwas gerechter, säße Dario jetzt neben mir, würde an einem türkischen Mokka nippen und hielte eine glimmende Zigarette zwischen den Fingern. Stattdessen bin nur ich zu unserer Verabredung erschienen. Mir ist klar, dass es albern war, trotzdem hierherzukommen, doch genau das war ich ihm meiner Ansicht nach schuldig. Wir haben so viel über diese Reise gesprochen, dass es Verrat gewesen wäre, sie zu stornieren. Mittlerweile weiß ich allerdings nicht mehr, ob es klug gewesen ist, meinem Herzen zu folgen. Seiner Abwesenheit ins Auge zu schauen bringt einen Schmerz mit sich, der sich kaum aushalten lässt. Nicht einmal das unglaublich blaue und glitzernde Meer lindert ihn, im Gegenteil. Ständig wiederhole ich für mich die Zeilen eines Gedichts von Nazim Hikmet: Immer kürzer sind die Tage, bald schon wird es regnen. Meine aufgerissene Tür hat dich erwartet. Warum bist du nicht eher gekommen?

Diese Zeilen verstärken meine Traurigkeit nur noch – und so sitze ich hier, zerbrechlich und untröstlich. Mein Schmerz reißt alte Wunden auf und zwingt mich, an all das zurückzudenken, was ich verloren habe. An Dich zurückzudenken. Deshalb lasse ich nach langem Schweigen wieder etwas von mir hören.

Wo sind wir damals stehen geblieben? Was ist aus uns geworden?

Fünfzig Jahre sind vergangen, seit sich unsere Wege getrennt haben, und mit Sicherheit haben wir uns an jenem Tag nicht ausgemalt, dass es unser letzter sein würde. Dass wir uns nie wiedersehen würden. Ob Du es mir glaubst oder nicht, aber Italien zu verlassen hat mir seinerzeit nicht das Geringste ausgemacht. Es war die Entscheidung für ein Leben, das es mir erlaubte, noch einmal von vorn anzufangen. Hoffentlich war es für Dich ebenso bedeutsam zu bleiben. Ich konnte durch diesen Schritt abermals lieben, betrügen, lachen und leiden. Und Du? Wie hat Dein Leben ausgesehen, in all den Jahren? Diese Frage habe ich mir an jedem einzelnen Tag gestellt.

Heute habe ich keinen Grund mehr, mich von dem Ort fernzuhalten, an dem alles begonnen hat, und ich würde Dich sehr gern wiedersehen. Mir bleibt nicht mehr viel Zeit. Im Moment ist mein Befinden stabil, doch weiß ich, dass sich das rasch ändern kann. Darum möchte ich unbedingt noch auf diese Reise gehen, bevor es zu spät ist. Schon in wenigen Tagen werde ich in Rom eintreffen. Es wird eine Rückkehr in die Vergangenheit sein, was mich mit Freude und Angst gleichermaßen erfüllt. Ich habe meine Lektion gelernt und mache mir keine Illusionen mehr, doch wäre es gelogen, wenn ich behaupten würde, dass ich nicht die Hoffnung hege, Dich wiederzusehen.

Ende des Monats lande ich also in Fiumicino, und mein größter Wunsch ist es, Dir ein letztes Mal zu begegnen. Da ich keine andere Möglichkeit habe, mit Dir Kontakt aufzunehmen, muss ich auf diesen Brief vertrauen, selbst wenn ich nicht damit rechne, dass Du ihn beantworten wirst. Aber ich bete geradezu, dass Du ihn dieses Mal wenigstens liest.

Am 28. werde ich an Deine Tür klopfen. Wir können miteinander reden, aber das muss nicht sein. Auch eine Umarmung könnte ausreichen, falls denn die Zeit alle Wunden geheilt hat.

Deine Elsa

Der Braten ist fast fertig und riecht schon ganz wunderbar. Auch das überbackene Gemüse duftet verführerisch. Die große Uhr, die neben dem Kühlschrank hängt, zeigt halb zwölf an. In einer Stunde kommen die Gäste, falls man alte Freunde denn so nennen kann: Giulio und Elena, Annamaria und Leonardo, die ihr erstes Kind erwarten. Als Sergio sich zum Kühlschrank dreht, betrachtet er flüchtig sein Spiegelbild im Küchenfenster und freut sich daran. Er ist ein attraktiver Mann, und das weiß er. Olivfarbener Teint, volles Haar und kastanienbraune Augen, eine hohe Stirn und sinnliche Lippen. Mit seinen vierunddreißig Jahren hat er einen straffen und durchtrainierten Körper, jedoch ohne die Muskelberge, die typisch für alle sind, die sich zu Sklaven eines Fitnessstudios machen.

In seinem Rücken deckt Giovanna effizient wie immer den großen Küchentisch. Die beiden sind seit zwei Jahren verheiratet, aber bereits seit zwölf Jahren ein Paar. Sergio kennt sie derart gut, dass er mit geschlossenen Augen zu sagen wüsste, was sie gerade macht. Oder nicht?

Reichen zwölf Jahre wirklich aus, um einander von Grund auf zu kennen? Er dreht sich um. Mit der Konzentration einer Architektin, die das Fundament eines Hauses plant, richtet Giovanna den Tisch für sechs Personen her. Sie trägt noch ihren schlichten Hausanzug, und in ihren blauen Augen liegt ein aufmerksamer, gesammelter Ausdruck. Ihr kurzes blondes Haar ist leicht zerstrubbelt, was sie noch heute ein wenig wie die Studentin wirken lässt, die er in einem Café an der Uni angesprochen hat. Dabei sind sie beide mehr oder weniger gleichaltrig und haben genau wie ihre Freunde vor Kurzem die dreißig überschritten. Sergio lächelt in sich hinein: Seine Frau ist eben doch ein offenes Buch für ihn. Sie ist solide, korrekt, effizient und zuverlässig. Wenn ihr etwas fehlt, dann ist es Impulsivität – und genau dafür liebt er sie.

Genauso solide ist ihre Wohnung in Testaccio, die in einem eleganten Haus aus dem frühen 20. Jahrhundert liegt. Sie haben sie zwar erst vor knapp zwei Jahren gekauft, meinen aber, schon immer hier gelebt zu haben, entspricht sie doch exakt ihren Vorstellungen. Zwei große, helle Bereiche, einer für den Tag und einer für die Nacht, Letzterer mit Schlafzimmer, begehbarem Schrank und Bad, Ersterer mit dem Wohnzimmer samt angrenzendem Arbeitszimmer, vor allem aber mit der gemütlichen Küche, in der sie sonntags mit ihren Freunden zu Mittag essen. Diese Gewohnheit pflegen sie seit Jahren, sodass sie inzwischen zu einem festen Brauch geworden ist.

Sergio liebt es, für seine Freunde zu kochen. Unter der Woche lassen ihm Termine vor Gericht und seine

Anwaltskanzlei keine ruhige Minute. Er ist auf Gesellschaftsrecht spezialisiert und vertritt zahlungskräftige Mandanten in Fällen, in denen es um Millionen geht. Ohne Frage verdient er gut, doch die Arbeit ist stressig. Ein Essen vorzubereiten ist daher seine Art, sich zu entspannen. Als Feinschmecker, der er ist, probiert er in der großen, bestens ausgestatteten Küche voller Dosen, Kräuter und Gewürzpflanzen leidenschaftlich gern neue Rezepte aus. Hier, in dieser Küche, an diesem langen, frei stehenden Holztisch, werden Giovanna und er auch ihre Gäste empfangen. Denn diesen Raum lieben beide am meisten. Weil jeder Gegenstand und jedes Accessoire, weil sämtliche Möbelstücke mit besonderer Sorgfalt ausgewählt worden sind.

Giovanna mag keine Tischdecken, sondern stellt lieber alles direkt auf die Holzfläche. Nachdem sie die Teller und das Besteck verteilt hat, trägt sie die Gläser zum Tisch, ordnet sie einem Gedeck zu und tritt dann einen Schritt zurück, um wie eine Künstlerin, die einen letzten kritischen Blick auf ihr Werk wirft, das Ergebnis zu begutachten. Sergio beobachtet sie aus den Augenwinkeln. Egal, was sie anpackt, sie ist und bleibt eine Perfektionistin. Gerade holt sie die Kürbisblüten aus dem Kühlschrank, steckt einige Chilischoten dazwischen und gibt zwei Miniauberginen dazu. Anschließend nimmt sie eine weiße Porzellanschale aus dem Schrank und richtet ihre Komposition zufrieden darin an. Der perfekte Mittelpunkt für ihren Tisch …

»Mist!«, ruft sie und wirft einen Blick auf die Uhr an

der Küchenwand. »Es ist gleich zwölf, und ich habe noch nicht mal geduscht!«

»Keine Panik, ich kümmere mich um den Rest«, beruhigt Sergio sie und schaltet den Herd aus. »Mit dem Kochen bin ich eh fertig.«

»Das Brot ist in dem weißen Beutel in der Speisekammer, und …«

»Raus mit dir, bevor unsere Gäste dich noch im Hausanzug antreffen.«

Diese albtraumhafte Vorstellung – noch nie haben ihre Gäste sie in derart legerer Aufmachung gesehen – treibt Giovanna ins Bad. Sergio öffnet unterdessen die Tür der Speisekammer und findet sofort, was er sucht. Ein frisches, längliches Bauernbrot. Davon wird er wohl nur eine Hälfte aufschneiden, der Rest kann vorerst auf dem Holzbrett bleiben, bei Bedarf reicht er ihn dann nach.

Das leise Rauschen des laufenden Wassers verrät ihm, dass seine Frau unter der Dusche steht. Genau in diesem Moment klingelt es an der Wohnungstür, die direkt in die Küche führt. Das müssen Leonardo und Annamaria sein, denkt Sergio, denn die beiden haben die schlechte Angewohnheit, ständig zu früh aufzutauchen. Bestimmt stand die Haustür offen.

»Dass ihr aber auch immer zu früh kommen müsst! Verdammter Schei…«

Verlegen beißt er sich auf die Zunge.

Er hatte die Tür aufgerissen, ohne vorher nachzusehen, wer eigentlich geklingelt hat, denn er war überzeugt davon, dass es nur seine Freunde sein konnten. Stattdessen hat er jedoch eine Frau vor sich, die mit den Jahren etwas füllig geworden ist und die siebzig bereits hinter sich gelassen haben muss. Die blond gefärbten Haare fallen über ihre Schultern, gewähren aber den Blick auf alte, kostbare Ohrringe. Sie trägt ein petrolfarbenes Leinenkleid von exzellenter Machart, das ihre üppige Figur unterstreicht, ohne sie dabei allzu stark zu betonen. Ihren Hals schmückt eine Bernsteinkette, mit den Händen umklammert sie eine elegante Handtasche mit kunstvoller Stickerei. Über ihrem Gesicht liegt ein Netz feiner Falten, doch darauf achtet Sergio kaum, dazu faszinieren ihn ihre Augen viel zu sehr, die grün und magnetisch sind und von einem leicht verwackelten Kajalstrich akzentuiert werden.

Zwischen Verblüffung und Faszination schwankend mustert Sergio die Frau. Wer ist sie? Mit Sicherheit ist er ihr noch nie zuvor begegnet. Auch sie sieht ihn überrascht an. Ja, mehr als überrascht, geradezu erschüttert, als hätte sie jemand anderen erwartet. Dann huscht ihr Blick zum Klingelschild neben der Tür, als suchte sie eine Bestätigung, doch da steht kein Name. Bisher hat es Sergio und Giovanna an der Zeit – vielleicht auch am Willen – gemangelt, das Schild zu beschriften, eine Nachlässigkeit, die Sergio unversehens inakzeptabel vorkommt.

Bevor er die Unbekannte, die sich inzwischen vom ersten Schreck erholt hat, fragen kann, was sie wünsche, strahlt sie ihn mit einem entwaffnenden Lächeln an, um ihm dann mit unschuldiger Miene fest in die Augen zu sehen: »Verzeihen Sie die Störung, denn in dieser Weise bei jemandem hereinzuschneien, an einem Sonntagvormittag, das gehört sich doch ... Nein, das gehört sich ganz und gar nicht!«

Sergio ist so verblüfft, dass er kein vernünftiges Wort herausbringt, was aber auch nicht nötig ist, denn nun stellt sich die Unbekannte erst einmal vor: »Ich bin Elsa Corti und habe vor vielen Jahren hier gewohnt.«

Sie streckt ihm die Hand entgegen und fasst nach seiner, als wollte sie diese nie wieder freigeben. An ihrem kleinen Finger steckt ein goldener Siegelring. Sie linst über Sergios Schulter, dem nichts Besseres einfällt, als sich seinerseits mit Vor- und Zuname vorzustellen und derart verständnisvoll zu nicken, als hätte diese Frau ihm gerade einen entsetzlichen Fehltritt gebeichtet.

»Glauben Sie an das Schicksal?«, fragt sie ihn hoffnungsvoll.

Bei dieser direkten Frage zuckt Sergio zusammen und ertappt sich bei dem Gedanken, wie schön sie als junge Frau gewesen sein muss.

»Als ich unten die offene Tür gesehen habe, war das, als hätte das Haus mich hereingebeten«, fährt Elsa fort. »Ich bin lange Zeit weit weg von Rom gewesen ... Beinahe fünfzig Jahre bin ich nicht durch diese Straße gegangen. Heute Morgen habe ich mein Hotel in aller Früh verlassen und wollte nur einen kleinen Spaziergang machen. Eigentlich wollte ich in Richtung Kolosseum schlendern, aber meine Füße haben mich wie von selbst hierhergeführt, wo alles begonnen hat. Als ich mich umgesehen habe, schien mir alles verändert und gleichzeitig seltsam vertraut, und dann stand ich plötzlich vor dieser Tür, und da war mir, als hätte ich Rom nie verlassen. Deshalb hat mich der Wunsch, diese Wohnung wiederzusehen, geradezu überwältigt. Aber natürlich will ich Sie nicht aufhalten, verzeihen Sie also die Störung! Ich weiß gar nicht, wo ich heute meinen Kopf gelassen habe …«

»Aber ich bitte Sie, das macht doch gar nichts, das verstehe ich vollkommen«, stammelt Sergio etwas ratlos. »Wirklich …«

Der überraschende Wortschwall der Unbekannten hat Sergio geradezu die Sprache verschlagen.

Während Elsa sich nochmals für die Störung entschuldigt, wirft sie suchende Blicke in die Wohnung, als müsse sich in ihr etwas befinden, das für sie lebenswichtig ist. Dann aber stockt sie und will gehen.

»Gut, haben Sie vielen Dank und auf Wiedersehen. Falls Sie nichts dagegen haben, würde ich gern in den nächsten Tagen noch einmal vorbeischauen …«

Offenbar schweren Herzens tritt sie den Rückzug an.

In jeder anderen Situation hätte Sergio die Gelegenheit genutzt und dieses Gespräch beendet, das seine sonntägliche Routine durchkreuzt und ihn von den letzten Vorbereitungen fürs Essen abhält. Selbst wenn er nicht so resolut ist wie Giovanna, die jeden Quälgeist im Nu abserviert, indem sie in eine Tonlage wechselt, die keinen Widerspruch duldet, kann auch er es nicht leiden, wenn andere ihn mit ihren Angelegenheiten behelligen. Doch diese Frau hat irgendetwas in Sergio ausgelöst. Eine seltsame Neugier veranlasst ihn daher, sie zurückzuhalten.

»Wenn Sie wirklich nur rasch einen Blick in die Wohnung werfen wollen … Leider habe ich nicht viel Zeit für Sie, denn ich erwarte Gäste zum Essen.«

»Das ist wirklich ausgesprochen freundlich von Ihnen!« Die Unbekannte schenkt ihm erneut ein strahlendes Lächeln. »Und machen Sie sich keine Gedanken, es dauert höchstens eine Minute, ich möchte mich ja nur einmal umsehen.«

Daraufhin betritt sie die Küche und bleibt mitten im Raum stehen.

»Sie ahnen nicht, wie viele Gefühle für mich mit diesem Ort verbunden sind. Allerdings scheint die Wohnung heute eine völlig andere zu sein. Hier war früher einmal eine Wand. Und da, die Speisekammer. Der Herd … natürlich, auch der ist neu«, murmelt sie, während sie wie hypnotisiert auf einen Punkt starrt. Einen Punkt jenseits des Fensters …

In diesem Moment stößt Giovanna zu ihnen. Sie hat sich schon fertig angezogen, ihr Haar aber ist noch nass. Da sie eine unbekannte Stimme gehört hat, will sie wissen, was das zu bedeuten hat. Als sie die Unbekannte sieht, schleicht sich ein Ausdruck von Unmut in ihr Gesicht, doch Sergio kommt ihren Fragen zuvor: »Das ist … Signora Elsa Corti.«

Die ungebetene Besucherin lächelt Giovanna an, wobei ihre Ohrringe kurz auffunkeln.

»Ihr Mann war so freundlich, mich hereinzubitten. Ich würde mir gern ganz kurz die Wohnung anschauen, in der ich früher gelebt habe, und halte Sie bestimmt nicht lange auf«, versichert sie, während sie Sergio einen verschwörerischen Blick zuwirft.

Sie wirkt wie eine Schülerin, die von ihrer Lehrerin bei einer Dummheit ertappt wurde.

Giovannas Blick bleibt ratlos: Wer ist diese Frau?

»Ich habe ihr schon gesagt, dass wir Gäste zum Essen erwarten«, fügt Sergio hinzu.

Doch Giovanna hört nur mit halbem Ohr hin, denn ihre uneingeschränkte Aufmerksamkeit gilt nun der Unbekannten. Trotz ihres Alters strahlt Elsa Corti eine enorme Energie aus. Außerdem ist sie völlig fasziniert von der gewagten Farbkombination ihrer Kleidung, bei der kalte und warme Töne kombiniert werden, so ein petrolblaues Kleid und eine Bernsteinkette. Giovanna, die bis zur Langeweile ihrem Schwarz und Beige treu ist, fühlt sich für den Bruchteil einer Sekunde steinalt. O ja, diese Elsa Corti verfügt über eine besondere Ausstrahlung. Noch ehe sich Giovanna selbst darüber im Klaren ist, hat sie sämtliche Vorbehalte gegenüber der Frau über Bord geworfen und erwidert ihr Lächeln. Warum auch immer, aber sie empfindet für diese Fremde, die behauptet, einst hier gewohnt zu haben, ganz spontan Sympathie.

»Sie haben also früher hier gelebt?«, fragt sie und signalisiert Sergio mit einem Nicken ihr Einverständnis. Ein paar Minuten können sie der Besucherin ruhig widmen, von der beide ja längst völlig fasziniert sind. Elsa dagegen beschränkt sich darauf, mit einem angedeuteten Nicken Giovannas Frage zu bejahen. Sie tritt an das

Fenster heran und starrt auf die Scheibe, als durchlebte sie gerade eine Erinnerung.

Die beiden sind inzwischen derart von Elsa gefesselt, dass sie diese mit weiteren Fragen bedrängen.

»Allein?«, fragt Sergio.

»Als Kind?«, kommt es fast wie ein Echo von Giovanna.

Aber Elsa scheint in Gedanken weit weg zu sein. Sie beschränkt sich auf einsilbige Antworten und murmelt zusammenhanglos einige Wörter vor sich hin. »Nein. Warum? … Vielleicht …«

»Haben Sie womöglich einmal die Frau besucht, die vor uns hier gewohnt hat? Sind Sie am Ende mit ihr verwandt?«, will Sergio wissen, wobei er sich eher an Giovanna als an Elsa wendet.

Diese reagiert nun jedoch ganz anders und schüttelt ihre Versunkenheit im Nu ab.

»Wo ist sie?«, fragt sie.

»Wen meinen Sie?«, entgegnet Sergio.

»Sie meinen die frühere Besitzerin?«, vermutet Giovanna.

»Ja, genau. Meine Schwester.«

»Sie lebt schon seit ein paar Jahren nicht mehr in diesem Haus«, antwortet Sergio etwas verdutzt.

Auch Giovanna bleibt nicht gleichgültig und empfindet eine Zärtlichkeit für Elsa, die sie sich selbst nicht zu erklären vermag.

»Wussten Sie das denn gar nicht? Haben Sie den Kontakt zu ihr verloren?«

»Ja, leider. Doch das ist eine lange Geschichte …«

Elsa sieht die beiden an, als wäre ihr der Boden unter den Füßen weggezogen worden. Sie scheint das Hier und Jetzt gar nicht mehr zu erfassen.

Giovanna erinnert sich noch gut an die Frau, die ihnen die Wohnung verkauft hat. Adele Conforti. Sie hat ihr ganzes Leben hier mit ihrer Familie gelebt, die Wohnung nach dem Tod ihres Mannes aber aufgegeben, weil sie zu groß für eine Person geworden war. Außerdem wollte sie in die Nähe ihres einzigen Sohnes ziehen. Zumindest hatte sie das behauptet. Und noch etwas ist merkwürdig: Elsa sieht Adele Conforti überhaupt nicht ähnlich.

»Ich hatte angenommen, sie würde noch hier wohnen … und sehr auf ein Wiedersehen gehofft«, fährt Elsa mit brechender Stimme fort.

»Dann wollten Sie sich also gar nicht die Wohnung ansehen, sondern sind auf der Suche nach ihr?«

»Ja, das stimmt.«

»Und Sie haben nicht gewusst, dass sie die Wohnung verkauft hat und von hier fortgezogen ist …?«

»Nein, das habe ich nicht.«

Nach und nach taut Elsa ein wenig auf und gibt zu, seit fünfzig Jahren nichts von ihrer Schwester gehört zu haben. Ohne um Erlaubnis gebeten zu haben, streift sie unterdessen durch die Wohnung, irgendwie in Trance, zugleich aber auch recht selbstsicher. Fast als lebte sie noch immer hier. Giovanna und Sergio folgen ihr leicht konfus, als sie sich in ihr Schlafzimmer verirrt, einen Blick ins Bad wirft und die Tür zum Arbeitszimmer öffnet. Dabei entschuldigt sie sich in einem fort für die Unannehmlichkeiten, die sie ihnen bereitet.

»Jetzt gehe ich aber und lasse Sie in Frieden«, wiederholt sie wie ein Roboter. »Ich bin schon viel zu lange geblieben, nun muss ich wirklich aufbrechen.«

Als sie in die Küche zurückkehrt, starrt sie erneut aus dem Fenster.

»Haben Sie meine Schwester noch einmal gesehen?«, fragt sie.

»Ja, aber das ist schon ein Weilchen her. Das war beim Notar, zur Beurkundung. Danach haben wir noch gelegentlich miteinander telefoniert. Es kamen immer wieder Briefe für sie an, die habe ich gesammelt. Irgendwann habe ich sie dann gebeten, jemanden vorbeizuschicken, der sie abholt«, sagt Giovanna, die gern als effiziente und korrekte Frau dasteht.

»Wissen Sie zufällig, wo sie wohnt?«

»Auf dem Land, in einem kleinen Dorf außerhalb von Rom«, antwortet Giovanna. »Doch wie ich schon sagte, wir haben ihre Telefonnummer.«

Diese Frau, die das Leben für derart lange Zeit von ihrer Familie getrennt hat, weckt in ihr ein ganz eigenartiges Gefühl, eine Mischung aus Sympathie und Mitleid. Ob sie will oder nicht, sie versucht, sich in sie hineinzuversetzen, auch wenn das nicht einfach ist. Es muss doch schrecklich sein, nach fünfzig Jahren – deutlich mehr, als sie selbst bisher gelebt hat – in die eigene Wohnung zurückzukehren und alles verändert vorzufinden. Zu sehen, dass nun zwei Fremde darin leben und von den Menschen, die ihr teuer waren, nicht die geringste Spur geblieben ist. Mit welcher Angst und Erwartung Elsa wohl eben an ihrer Tür geklingelt hat? Wie oft sie sich diesen Moment ausgemalt haben muss! Dann geht die Tür auf – und Sergio steht vor ihr. Ein Unbekannter. In dieser Sekunde muss sie doch angenommen haben, ihre Schwester sei tot.

»Würden Sie mir dann ihre Nummer geben?«

Kaum hat Elsa diese Bitte geäußert, läutet es unten an der Haustür.

Istanbul, 23. Oktober 1969

Liebe Adele,

ich weiß nicht, wie oft ich Dir schon schreiben wollte,
doch irgendetwas hat mich stets davon abgehalten.
Schmerz vielleicht. Schmerz. Ein Wort, das alles sagt,
aber nichts erklärt. Ist Dir je aufgefallen, dass darin
das Wort Erz steckt? Etwas Dauerhaftes ... Du allein
weißt, wie viel Schmerz ich kennengelernt habe. Wenn
Du aufrichtig liebst, musst Du zu allem bereit sein.
Blitz und Donner, Regen und Dürre – all das darf
Dich nicht schrecken. Nie kannst Du wissen, wohin
Dich dieses Gefühl, das Dich aufzehrt, am Ende
verschlägt. Es gelingt Dir ja nicht einmal, Glück von
Verzweiflung zu unterscheiden, denn in der Liebe ist
das eine häufig Grund für das andere.
Nun aber will ich nicht länger an die Vergangenheit
denken. Italien zu verlassen war für mich, als hätte ich
den höchsten Berg bestiegen: Erst oben auf dem Gipfel
ist mir klar geworden, wie klein und unbedeutend alles
ist, während sich in der Ferne ein Horizont voller

*Möglichkeiten eröffnete. Du solltest einen solchen
Aufstieg auch einmal wagen. Der Schmerz bleibt
zwar, zieht sich jedoch tief in Dein Inneres zurück,
während Dich ein seltsames Gefühl der Herausforderung erfasst. Genau das empfinde ich gerade.
Nun, da ich meine Unschuld verloren habe, kämpfe
ich Tag für Tag darum, eine mutigere, weniger naive
und notfalls auch aufbrausendere Frau zu werden.
Eine Frau, die das Hier und Jetzt genießen und sich
eine neue Existenz aufbauen kann, zu der eine fremde
Sprache und fremde Menschen gehören.
Zugegeben, das ist nicht leicht. Manchmal lässt meine
Willenskraft mich im Stich, und Verzweiflung
überkommt mich. In solchen Momenten denke ich
daran, was ich verloren habe – was wir verloren
haben –, und dann ist es aus. Buchstäblich. Dann
werfe ich mich aufs Bett und möchte nur noch sterben.
Nach einer Weile reiße ich mich aber wieder zusammen
und fasse neue Hoffnung. Nicht auf eine bessere
Zukunft, aber doch auf eine andere. Ich schlucke die
Tränen hinunter und ringe mir ein Lächeln ab. Mehr
und mehr komme ich dahinter, dass es nichts Besseres
gibt, als sich zur Unbeschwertheit zu zwingen, wenn
man sich nicht unterkriegen lassen will. Mach Dich
also auf einen Brief voller Banalitäten, Frivolitäten
und Kuriositäten gefasst.
Es gab einmal eine Zeit, da war nur ein einziger
Mensch willens, sich meine Geschichten anzuhören.
Du. Noch heute sehe ich Dich als kleines Mädchen*

vor mir und erinnere mich, wie wir stundenlang im Garten vor uns hin geträumt haben. Erinnerst Du Dich auch noch daran? Doch nun, da ich Dir tausend Dinge zu erzählen hätte, weiß ich nicht, wo ich beginnen soll.

Um mich nicht völlig zu verfransen, fange ich damit an, wo ich eigentlich gerade bin.

Seit zwei Monaten lebe ich in Istanbul. Während ich Dir schreibe, höre ich die Schreie der Möwen, die draußen ihre Bahnen durch die Luft ziehen. Wenn ich den Kopf zum Fenster rausstecke, kann ich beobachten, wie sie dicht über dem glitzernden Wasser des Marmarameers dahingleiten, um sich schließlich weit über die Dächer dieser riesigen Metropole zu erheben. Von der Straße dringen gedämpft die Geräusche des brodelnden Lebens herauf, die Schreie der fliegenden Händler und das Hupen der Autos. Gerade geht die Sonne unter, und der Himmel schillert wie eine Samtdecke.

Ja, Du hast Dich nicht verlesen! Istanbul! Nicht einmal in unseren kühnsten Kinderträumen hätte ich mir je ausgemalt, dass mich das Leben irgendwann an einen derart fernen Ort führen würde, der so unendlich viel größer ist als das kleine Fleckchen Erde, wo wir aufgewachsen sind. Vor meiner Ankunft habe ich angenommen, eine exotische, abweisende Stadt vorzufinden, wurde dann aber rasch eines Besseren belehrt. Istanbul hat mich mit offenen Armen empfangen und alles darangesetzt, dass ich mich hier zu

Hause fühle. Die sinnliche Seele dieser magischen und kraftvollen Stadt hat mich längst verführt.

Wenn ich zurückblicke, erkenne ich mich kaum in jener leiderfüllten jungen Frau wieder, die eines Morgens von Viterbo fortgegangen ist, ohne sich von irgendjemandem zu verabschieden, geschweige denn irgendwem eine Erklärung zu geben. Es war nicht das erste Mal, dass ich mich auf diese Weise von zu Hause davongestohlen habe, trotzdem wusste ich, dass dieser Aufbruch anders war. Diesmal wäre es für immer.

Ich bin zu Fuß zum Bahnhof gelaufen und in den erstbesten Zug nach Norden gestiegen. Über Mailand bin ich weiter nach Venedig gefahren. Am Fahrkartenschalter habe ich mich nach einem Zug erkundigt, der mich möglichst weit weg bringen würde. »Heute Abend um elf geht von Gleis 9 der Orientexpress ab. Sein Ziel ist Istanbul in der Türkei. Ist Ihnen das weit genug weg?«, hat mich der Mann am Schalter gefragt und mich dabei ziemlich schief angesehen. Bestimmt glaubte er, ich wäre auf der Flucht. Eine Kriminelle, die sich in aller Eile aus dem Land absetzen will, um der Justiz zu entkommen. Im Grunde lag er damit ja nicht ganz falsch. Ich habe ihm fest in die Augen gesehen und eine Fahrkarte gekauft. Ohne Rückfahrt. Da es erst sieben Uhr abends war, stand mir noch eine lange Warterei bevor. Ich bin in ein Bahnhofscafé gegangen und habe mich dann davor an einen Tisch gesetzt, von dem aus ich die Gleise im Blick hatte. Ständig kamen Züge an oder fuhren welche ab.

Scharen von Reisenden stiegen aus den Waggons,
ebenso viele eilten mit schwerem Gepäck zu ihnen, in
Gedanken längst am Ziel ihrer Reise. Drinnen im
Café wimmelte es von Menschen, die am Tresen rasch
einen Espresso tranken und danach wieder fortstürm-
ten. Hier draußen gab es außer mir aber nur noch eine
weitere Frau, und auch sie zeigte keine Eile. Sie war
eine sehr elegante Erscheinung, hatte melancholische
Augen und rauchte gerade eine Zigarette, die sie aber
nicht etwa zwischen ihren Fingern hielt, nein, dafür
hatte sie sich etwas ganz Besonderes einfallen lassen:
An einem Finger trug sie einen Ring, fast wie ein
Schmuckstück, von dem jedoch ein schmaler vergoldeter
Stab abging, der am Ende wie eine Pinzette gearbeitet
war. Darin klemmte die Zigarette. Die Frau lächelte
mir zu und fragte mich, wie spät es sei, doch ohne
Zweifel war dies nur ein Vorwand, um mit mir ins
Gespräch zu kommen.

Da sie mir gesagt hat, sie würde auf den Orientexpress
warten, habe ich ihr erzählt, dass auch ich diesen Zug
nehmen und bis nach Istanbul fahren wolle. Daraufhin hat sie nur seltsam gelächelt. Das sei ihre Stadt,
hat sie mir gestanden. Nach einer Weile hat sie noch
hinzugefügt, sie warte auf einen Freund, dies aber in
einem Ton, als wüsste sie, dass er niemals kommt.
»Mitunter erlaubt sich das Leben den Spaß, uns
hinzuhalten wie ein unaufmerksamer Liebhaber. Das
Warten kann allerdings durchaus süßer sein als die
Begegnung selbst. Man muss nur lernen, seine Hoff-

nungen zu nähren«, hat sie fallen lassen. Genau in dieser rätselhaften Weise.

Die nächsten Minuten haben wir beide geschwiegen und unseren Espresso getrunken, dann aber hat sie mir ihre geradezu fantastische Geschichte erzählt, ohne dass ich sie irgendwie dazu animiert hätte. Als junges Mädchen hatte sie in einem Harem am Hof des letzten Sultans gelebt, bis dieser nach dem Untergang des Osmanischen Reiches aufgelöst worden war. Viele ihrer Gefährtinnen sahen in der Freiheit aber wohl eine Verurteilung zu einem Leben voller Entbehrungen. Auch wenn es schwer nachvollziehbar sei, sagte sie, so hätten die Haremsdamen, eingeschlossen in ihrer kleinen Welt und abhängig von den Wünschen ihres Herrn, doch verschiedene Privilegien und sublime Freuden genossen. Sie hingegen habe ihre Freiheit zu nutzen gewusst, obwohl sie dadurch von der Liebe ihres Lebens getrennt worden sei. Sie sei kreuz und quer durch Europa gereist, ohne je irgendwo zur Ruhe zu kommen. Weitere Einzelheiten hat sie nicht preisgegeben. In meiner Vorstellung war der Mann, auf den sie vergeblich wartete, selbstverständlich ihre verlorene Liebe. Dann hat sie mich freiheraus gefragt, wovor ich eigentlich fliehen würde. Mir war, als säße ich nackt vor ihr. Was wusste diese Frau über mich? Konnte sie unser Geheimnis kennen? Ich war kurz davor, in Panik zu geraten, beruhigte mich aber sofort. Sie hatte sich wohl nur einen Spaß erlaubt. Für den Bruchteil einer Sekunde war ich allerdings versucht,

ihr alles zu erzählen, das will ich gar nicht verhehlen.
Aber keine Sorge, ich habe kein Wort gesagt.
Kurz vor der Abfahrt bin ich ins Café hineingegangen,
um zu zahlen. Als ich an den Tisch zurückkam, war
die Frau nicht mehr da. Ich habe sie noch gesucht, doch
sie war wie vom Erdboden verschluckt. Einfach
weggezaubert. Daraufhin habe ich mein Gepäck an
mich genommen und mir den Mantel angezogen.
Dabei ist mir aufgefallen, dass sich etwas in der Tasche
befand. Meine Hand ertastete einen feinen Metall-
gegenstand von ungewöhnlicher Form. Neugierig zog
ich ihn heraus. Es war ihr seltsamer Zigarettenring.
Warum ich Dir all das erzähle, weiß ich nicht. Vielleicht, weil ich in den Augen dieser Frau meinen
eigenen Schmerz gesehen habe. Unseren Schmerz.

Deine Elsa

Seit wie vielen Jahren kennen sie Annamaria, Leonardo, Giulio und Elena nun schon? Sergio wüsste es nicht zu sagen. Giovanna hingegen könnte ihm Auskunft geben. Sie behält in ihrem Leben gern alles unter Kontrolle. Deshalb führt sie seit ihrer Pubertät Tagebuch. Es ist ein Spiel, das sie mit sich selbst spielt. Sergio ist über diese Angewohnheit im Bilde, auch wenn seine Frau nicht gern darüber spricht. Eigentlich ist es auch kein richtiges Tagebuch, sondern ein Heft mit rotem Wachstucheinband. Sobald sie die letzte Seite erreicht, ersetzt sie es durch eines, das genauso aussieht. Sergio weiß natürlich, wo sie all diese völlig gleichen Hefte aufbewahrt, nämlich in einer Truhe im Wohnzimmer. Mehr als einmal ist er versucht gewesen, einen Blick in sie zu werfen, hat es am Ende jedoch nie getan. Irgendetwas hat ihn stets zurückgehalten. Der Respekt für Giovannas Privatsphäre und wohl auch die Angst, etwas zu erfahren, das er gar nicht wissen will. Schließlich haben alle das Recht auf ihre kleinen Geheimnisse, sogar jemand wie Giovanna, die keines zu haben scheint. Jedenfalls seiner Ansicht nach …

»He, Sergio! Was ist denn mit dir los? Hast du ein Gespenst gesehen?«, frotzelt Leonardo, während er in die Küche stürmt.

Sein Faible für kleine Sticheleien lässt ihn häufig ins Fettnäpfchen treten. Das gilt auch in diesem Fall, denn selbstverständlich fühlt sich Elsa angesprochen.

»Das hat er in der Tat, und das Gespenst bin ich«, sagt sie, tritt vor, streckt die Hand aus und lächelt Leonardo verschmitzt an. »Elsa Corti. Es ist mir ein Vergnügen.«

Falls sich Leonardo ein wenig überrumpelt fühlt, lässt er sich das nicht anmerken. Er ist ein gewandter Mann, zudem ausgesprochen charmant. Ein schwarzer Wuschelschopf und grüne Augen, die von langen Wimpern gerahmt werden. Während er der Unbekannten die Hand reicht, schenkt er ihr ein Lächeln, wie es betörender kaum sein könnte.

»Ganz meinerseits. Leonardo«, sagt er und wirft Sergio einen Blick zu, mit dem er fragt: Wer ist diese Frau? Sein Freund hantiert jedoch am Backofen und achtet gar nicht auf ihn.

Giovanna ist auf den Treppenabsatz hinausgetreten, um ihre übrigen Gäste in Empfang zu nehmen. Giulio und Elena sind bei Annamaria geblieben, denn es braucht seine Zeit, im siebten Monat fünf Treppen zu Fuß zu bewältigen. Leonardo sollte seiner Frau gegenüber deutlich aufmerksamer werden, überlegt Giovanna. Jetzt, da die beiden ein Kind erwarten … Es ist nicht das erste Mal, dass sie sich dabei erwischt, Zweifel an ihm als Ehemann und vor allem als zukünftigem Vater zu hegen. Ein Kind in die Welt zu setzen ist für nahezu jedes Paar eine Bewährungsprobe, doch für diese beiden könnte sich das Ganze als besonders schwer entpuppen. Trotzdem verspürt sie in sich einen Anflug von Schmerz. Das passiert ihr eigentlich immer, wenn sie über die Schwangerschaft ihrer Freundin nachdenkt. Selbst wenn in ihren Plänen für die nächste Zukunft ein Kind keine Rolle spielt, beneidet sie Annamaria.

»Da wären wir also, erledigt und ausgehungert«, stößt Elena aus, die als Erste, noch vor der keuchenden und hochroten Annamaria, die Treppe erklimmt. Das Schlusslicht der kleinen Prozession bildet Giulio, der eine Flasche Wein in der Hand hält.

Erst nach den Küsschen zur Begrüßung und dem Austausch der üblichen Höflichkeitsfloskeln, erst als Annamaria sich den Stuhl zurechtgerückt und Giovanna ihr fürsorglich ein Glas Wasser hingestellt hat, fällt auch diesen dreien die unbekannte Frau auf. Elsa hat sich inzwischen in ein ruhiges Eckchen der Küche zurückgezogen und beäugt die hereinkommenden Gäste. Auf ihrem Gesicht liegt ein unergründlicher Ausdruck.

»Das ist Elsa Corti«, stellt Sergio sie nun allen vor, wobei er einen leicht formellen Ton wählt.

Ohne dass sich die beiden absprechen müssen, legt Giovanna ein weiteres Gedeck auf. Sie ahnt, dass die Frau sie nicht so schnell verlassen wird, was ihr, wie sie zugeben muss, nicht unlieb ist. Außerdem hat Elsa offenbar auch die Neugier ihrer Freunde geweckt. Dieses sonntägliche Beisammensein würde etwas anders ausfallen als sonst.

Sergio entkorkt die Flasche Wein, die Giulio mitgebracht hat, und reicht der Unbekannten ein Glas.

»Nein danke. Ich trinke heute besser nichts.«

Annamaria ist so verzückt von Elsas Ohrringen, dass sie den Blick gar nicht von ihnen abwenden kann.

»Die sind wunderschön!«, ruft sie aus. »Und offenbar auch sehr alt! Sind es Familienstücke? Aber italienisch sehen sie nicht aus …«

»Sie wurden in einem weit entfernten Land angefertigt«, antwortet Elsa lächelnd.

»Vorhin haben Sie uns ja schon erzählt, Sie hätten Rom vor fünfzig Jahren verlassen«, wirft Giovanna ein. »Wo haben Sie denn in all den Jahren gelebt? Vielleicht in dem Land, aus dem die Ohrringe stammen?«

»Sie sind wirklich eine scharfsinnige junge Frau, meine Liebe«, erwidert Elsa vergnügt. »Vielleicht sollten Sie Detektivin werden.«

Bei diesen Worten stellt sie die Tasche in ihrem Schoß ab und fängt an, darin herumzukramen. Verschiedene Dinge – ein besticktes Portemonnaie, ein schwarzer Spitzenfächer, ein Füllfederhalter, eine Tube Handcreme, ein zusammengerolltes Maßband, ein Tütchen mit Bonbons und ein mit einem gelben Seidenband verschnürtes Päckchen Briefe – landen auf ihren Knien, bis sie endlich eine weiße Schachtel mit rosaroter Beschriftung herauszieht. Sobald der bunt durcheinandergewürfelte Inhalt in die Tasche zurückgewandert ist, spült

Elsa mit einem Schluck Wasser eine große Tablette hinunter.

»In einem bestimmten Alter ernährt man sich hauptsächlich von Pharmazeutika!«, erklärt sie, als sähe sie sich zu einer Rechtfertigung gezwungen.

»Wem sagen Sie das?! Seit ich schwanger bin, pumpt mich mein Gynäkologe mit Nahrungsergänzungsmitteln voll. Kapseln für dies, Ampullen für das ... Als ob ich krank wäre! Als ob es nicht die natürlichste Sache der Welt wäre, ein Kind zu bekommen!«, empört sich Annamaria voller Solidarität mit Elsa.

Sergio stellt unterdessen die Vorspeisen auf den Tisch: Käsestangen, eingelegtes Gemüse und rohen Schinken. Für Annamaria, die in ihrem Zustand keine Wurstwaren essen soll, hat er Gemüse mit einem Dressing aus Öl, Pfeffer und Salz sowie geröstete Pistazien vorbereitet.

»Pistazien sind eine echte Köstlichkeit, finden Sie nicht auch? Vor allem die aus Siirt«, bemerkt Elsa lebhaft, während sie mit den geschickten Bewegungen einer Expertin die Schale öffnet. »Nirgends findet man so aromatische Pistazien wie dort.«

»Siirt? Den Namen höre ich zum ersten Mal. Ist das eine bestimmte Gegend?«, fragt Annamaria.

»Ganz genau.«

»Und wo?«, möchte Giovanna wissen.

Aber Elsa scheint sie nicht gehört zu haben.

Das bringt Giovanna in die Bredouille. Einerseits würde sie gern mehr über diese unerwartete Besucherin erfahren, andererseits hält sie es für taktlos, diese mit Fragen zu bedrängen. Obendrein liegt auf der Hand, dass Elsa nicht wohlauf ist. Eben hat sie eine Tablette genommen, vermutlich ist sie also krank. Womöglich hat ihr Geist auch ein gewisses Eigenleben entwickelt, sodass sie nicht mehr ganz klar im Kopf ist.

»Giovanna, bist du so lieb und bringst noch eine Flasche Wein?«, bittet Sergio seine Frau, während er nachsieht, ob das Nudelwasser schon kocht.

Mit seinen Worten reißt er Giovanna aus ihren Überlegungen. Giulio eilt ihr nach. Hier, in der hinteren Ecke der Küche, kann sie bestimmt niemand hören.

»Hast du diese Briefe gesehen?«, flüstert er ihr zu.

»Welche Briefe?«

»Die, die sie in ihrer Tasche herumträgt. Auf der Suche nach ihren Tabletten hat sie sie kurz herausgezogen. Sind sie dir etwa nicht aufgefallen? Sie sind mit einem Band verschnürt und …«

»Ach die!«

Giovanna hat sie zwar gesehen, aber sich nichts weiter dabei gedacht.

»Die sind garantiert schon vor Jahren aufgegeben worden, aber trotzdem wirken die Umschläge völlig unberührt, als wären sie nie geöffnet worden.«

Giulio unterrichtet Englisch am Gymnasium und sammelt voller Leidenschaft Briefmarken, weshalb er die Briefe verstohlen betrachtet hat. Er hätte zu gern gewusst, wo sie aufgegeben wurden.

»Leider konnte ich nur erkennen, dass sie nicht in Italien abgeschickt wurden. Wer sie wohl geschrieben hat?«

»Falls Sie sich fragen, von wem die Briefe sind, will ich es Ihnen gern verraten. Es sind meine«, ruft Elsa in aller Entschlossenheit. »Sogar ausschließlich meine.«

Obwohl Giulio mit gesenkter Stimme gesprochen hat, ist Elsa kein Wort entgangen.

»Dann hat die Briefe vielleicht ein verliebter Mann geschrieben, der keine Chance hatte ...«, bringt die unverbesserliche Romantikerin Annamaria den Aspekt ins Spiel, der ihr der liebste wäre. »Das könnte erklären, warum sie ungeöffnet sind.«

»Ein verliebter Mann hat damit bestimmt nichts zu tun! Die Briefe habe ich aufgegeben. Es sind meine. Ich habe sie an meine Schwester geschrieben und an diese Adresse hier geschickt. Aber sie hat sie nie gelesen, sondern immer ungeöffnet zurückgehen lassen.«

Während sie spricht, holt sie die Briefe neuerlich aus der Tasche und legt sie auf den Tisch. An die Kante. In den nächsten Sekunden bringt niemand einen einzigen Ton heraus.

»Warum?«, will Leonardo dann wissen. »Warum hat sie Ihre Briefe nicht geöffnet?«

»Das müssen Sie meine Schwester schon selbst fragen.«

»Ach ja?«, entfährt es Elena. »Müssten Sie nicht eher Ihre Schwester danach fragen?«

»Seit wie vielen Jahren haben Sie Ihre Schwester denn nicht gesehen?«, erkundigt sich Giulio.

Über die Antwort braucht Elsa nicht einmal nachzudenken.

»Seit fünfzig Jahren und einem Tag«, antwortet sie mit einer solchen Gewissheit, als hätte sie seit ihrer letzten Begegnung penibel Buch über die verstreichende Zeit geführt. »Aber Sie kennen sie doch?«

»Wen?«, fragt Annamaria zurück, die, seit sie schwanger ist, mitunter in ihrer eigenen Welt zu leben scheint.

»Meine Schwester! Sie kennen sie doch, oder? Haben Sie sie in letzter Zeit gesehen?«

»Ich sagte Ihnen ja schon, dass Sergio und ich Ihre Schwester kennengelernt haben, als wir wegen der Wohnung beim Notar gewesen sind. Aber das ist beinahe zwei Jahre her«, wiederholt Giovanna, wobei sie jedes einzelne Wort klar und deutlich ausspricht. Vielleicht hat Elsa ja Schwierigkeiten, sich etwas zu merken … »Sie ist eine ausgesprochen freundliche und zurückhaltende Frau«, ergänzt sie. »Danach habe ich sie noch ein paarmal angerufen, um ihr mitzuteilen, dass Rechnungen für sie gekommen sind oder …«

»Also haben Sie ihre Telefonnummer! Könnten Sie sie dann vielleicht anrufen und ihr sagen, dass ich bei Ihnen bin?«, bittet Elsa voller Hoffnung. Allerdings schwingt in ihrer Stimme auch ein Hauch von Ungeduld mit. »Dafür wäre ich Ihnen wirklich dankbar.«

»Natürlich haben wir die Nummer! Aber wäre es nicht besser, Sie würden sie selbst anrufen?«, schlägt Sergio vor.

»Lieber nicht. Mit mir würde sie nicht reden.«

»Sie meinen, sie geht nicht ran, wenn sie Ihre Nummer sieht?«, hakt Elena neugierig nach.

»Sie hat ja nicht einmal meine Nummer! Wir haben seit Jahren nicht miteinander gesprochen! Und jetzt … jetzt fehlt mir die Kraft, sie anzurufen …Jetzt … Nein … Aber wenn Sie das erledigen könnten, würden Sie mir wirklich einen großen Gefallen erweisen. Sie ahnen gar nicht, wie groß.«

Sergio und Giovanna verständigen sich durch einen Blick: Was ist schon dabei, einen Anruf für diese Frau zu tätigen? Sie leidet ganz offenbar, da verlangt es doch allein die Mitmenschlichkeit, ihr die Bitte zu gewähren.

Unterdessen erhebt sich Elsa und erkundigt sich sichtlich aufgewühlt, wo das Bad sei. Giovanna, fürsorglich wie stets, begleitet sie hin. Bei der Gelegenheit geht sie auch gleich ins Schlafzimmer und sucht die Telefonnummer von Signora Conforti heraus. Sie muss in dem alten Notizbuch stehen, das sie im Nachttisch aufbewahrt.

Als sie mit dem Notizbuch in die Küche zurückkommt, unterhalten sich ihre Freunde nicht angeregt wie sonst, sondern sind in seltsames Schweigen verfallen. Alle Köpfe sind Elsa zugewandt, die sich jedoch nicht wieder an den Tisch gesetzt hat, sondern abermals vor dem Fenster steht und ins Leere starrt. Giovanna sucht daraufhin den Hof ab. Ihr Blick wandert über die Fenster des Hauses gegenüber und über die Dächer in der Ferne, bleibt an einer einzelnen Magnolie hängen, die ihren Kopf vom Nachbargarten aus über die Mauer reckt, und zieht schließlich weiter hoch zum Himmel. Trotzdem entgeht ihr wohl etwas – etwas, das die Aufmerksamkeit ihrer seltsamen Besucherin geradezu magnetisch anzieht.

Sergio schmeckt die Soße ab und gibt die Nudeln ins Wasser.

»Noch ein paar Minuten, und der nächste Gang ist fertig«, kündigt er an.

Aber niemand reagiert darauf. Jemand sollte endlich diesen verdammten Anruf erledigen! Elsa leidet Höllenqualen, deshalb wäre es grausam, ihr die Bitte abzuschlagen.

Adele Conforti nimmt beim ersten Klingeln ab, fast als hätte sie diesen Anruf erwartet. Giovanna versucht ihr die Situation mit der nötigen Behutsamkeit zu erklären, denn sie fürchtet die Reaktion der Schwester ein wenig. Sie berichtet ihr, dass eine unbekannte Frau – »Sie sagt, sie heiße Elsa Corti« – vor ihrer Tür gestanden und erklärt habe, Adeles Schwester zu sein. Immer wieder habe sie nach ihr gefragt … Am anderen Ende der Leitung herrscht Schweigen. Wurde etwa die Verbindung ausgerechnet jetzt unterbrochen?

»Hallo? Hören Sie mich?«

Ein leicht röchelnder Hustenanfall signalisiert Giovanna, dass dies der Fall ist.

»Wir hätten Sie bestimmt nie zu stören gewagt, aber … Es ist nur so, dass …« Giovanna senkt die Stimme. »Ihre Schwester scheint sehr aufgewühlt zu sein, dann aber auch vorübergehend völlig abwesend. Ihre Antworten klingen recht wirr, außerdem starrt sie ständig zum Fenster hinaus, als würde sie draußen etwas suchen. Oder jemanden«, fügt sie noch hinzu, ohne zu wissen, warum.

»Sie starrt aus dem Fenster?«, fragt Adele schließlich.

44

Ganz kurz scheint ihr die Stimme zu versagen. »Und sie hat Sie ausgefragt?«

Bei den letzten Worten klingt ihr Ton alarmiert.

»Sie hat uns lediglich darum gebeten, Sie anzurufen. Ich glaube, sie würde Sie sehr gern sprechen.«

»Gut. Richten Sie ihr aus, dass ich in einer Stunde, spätestens in anderthalb Stunden, bei Ihnen sein werde. So lange brauche ich mit dem Auto nach Rom.«

Adeles Stimme klingt stockend und verrät eine gewisse Aufregung oder Sorge und vielleicht sogar Angst.

»Sie ist also tatsächlich Ihre Schwester?«, hakt Giovanna ein wenig verwirrt nach.

Sie hätte eigentlich eine andere Reaktion erwartet. Erstaunen vor allem, dann aber auch Warmherzigkeit, Rührung und Freude.

»Selbstverständlich ist sie meine Schwester«, bestätigt Adele, die ihre Fassung zurückgewonnen zu haben scheint.

Anschließend entschuldigt sie sich mehrfach und bedankt sich überschwänglich. Es tue ihr unendlich leid, dass Giovanna und ihr Mann in diese Familienangelegenheit hineingezogen worden seien. Sie werde so schnell wie möglich bei ihnen sein, um ihre Schwester abzuholen, versichert sie, ehe sie das Telefonat beendet.

Istanbul, 14. November 1969

Liebe Adele,

*obwohl ich erst vor drei Monaten aufgebrochen bin,
meine ich, es wären Jahren vergangen. Wenn nicht gar
Jahrhunderte.*
*An die Zugfahrt erinnere ich mich kaum, denn
irgendwie war ich mit den Gedanken ganz woanders.
In meinem Kopf gab es nur Zweifel und das Wissen,
was ich getan hatte, sowie die Ahnung dessen, was
mich erwartete. Selbst an das prachtvolle Abteil habe
ich nur eine vage Erinnerung, an die Holztäfelung,
den Samt und die Seide, an die weichen Polster und
den goldgerahmten Spiegel, in den zu blicken ich zu
vermeiden suchte. Vor dem Fenster flog die Landschaft
vorbei, die eigentlich meine Vergangenheit war, welche
ich hinter mir ließ. Irgendwann lockte mich fröhliches
Geplauder hinaus in den Gang: Er war voller
Männer und Frauen, die zum Zugende schlenderten.
Neugierig folgte ich ihnen und fand mich im Speise-
wagen wieder. Auf den Tischen Silberbesteck und*

feinstes Porzellangeschirr. Obwohl ich wusste, dass der Orientexpress einer der luxuriösesten Züge weltweit ist, blendete mich der Prunk in diesem Palast auf Rädern, der mit enormer Geschwindigkeit ins Unbekannte raste. Als dann ein Kellner auf mich zusteuerte, um mich zu einem Platz zu geleiten, bin ich davongestürzt. Wie aus heiterem Himmel fühlte ich mich unwohl und hatte den Eindruck, sämtliche Blicke seien voller Strenge auf mich gerichtet. Ich bin in mein Abteil geflohen und habe keinen Fuß mehr vor die Tür gesetzt.

Als der Zug in Istanbul einfuhr, fühlte ich mich innerlich zerrissen. Ich war hundemüde – ungeachtet aller Bequemlichkeit hatte ich kaum ein Auge zugetan – und schrecklich verängstigt. Wohin ich mich nun begeben sollte, war mir schleierhaft. Mit bangem Herzen habe ich das Bahnhofsgebäude von Sirkeci verlassen, meinen Koffer hinter mir herschleppend. Ein Gepäckträger bot mir seine Hilfe an, aber aus Angst, er wolle mich bloß ausrauben, habe ich ihn mit einer unwirschen Geste verscheucht. Es hätte nicht viel gefehlt, und ich wäre zusammengebrochen. Es war acht Uhr in der Früh, und die Luft geschwängert von allerlei Geräuschen, unverständlichen Rufen und Düften würziger Kräuter. In der Straße wimmelte es von Menschen und von Vehikeln jeglicher Art, von Karren, Autos und Fahrrädern. Bei jedem Schritt fraß das Gefühl stärker an mir, mit meiner Abreise einen entsetzlichen Fehler begangen

*zu haben. Schwermut und Verzagtheit erfassten
mich.*

*Im erstbesten Hotel habe ich dann ein Zimmer
genommen. Es geht hinaus zum Goldenen Horn. Bis
heute habe ich es nicht gewechselt. Das Izmir ist ein
altes Hotel, das schon bessere Zeiten gesehen hat.
Heute kehren hier hauptsächlich Handelsreisende ein,
die aus den entlegensten Provinzen der Türkei mit
Mustern für ihre Waren nach Istanbul kommen.
Vorgestern ist im Foyer ein Mann mit einem boden-
langen dunklen Pelzmantel erschienen. Auf seinem
Kopf saß ein enorm hoher Kalpak, und um seinen
Hals hing eine Kette mit einem Medaillon, das mit
dunkelblauen, grünen und korallenroten Steinen
besetzt war. Er hatte eine Gobelinreisetasche bei sich
sowie ein seltsames Saiteninstrument, das ein wenig
an eine Gitarre erinnerte. Als ich ihn überholte, habe
ich ihn unbeabsichtigt gestreift, woraufhin er mich
forschend betrachtet hat. Seine pechschwarzen,
hypnotischen Augen hatte er offenbar mit Kajal
geschminkt. In meinem Inneren schien er zu lesen
wie in einem Buch. Ohne es zu wollen, bin ich
erschaudert. In letzter Zeit habe ich übrigens häufig
das Gefühl, es würden mich alle anstarren, als
wüssten sie Bescheid.*

*Die Treppen im Izmir sind recht steil, und einen
Fahrstuhl gibt es nicht, doch im obersten Stock, wo das
Frühstück serviert wird, hat man eine fantastische
Aussicht. Sie wird mir vermutlich fehlen.*

*Heute werde ich das Hotel nämlich verlassen. Aber-
mals habe ich meinen Koffer gepackt. Er steht bereits
in der Ecke neben der Tür und wartet auf den Pagen,
der ihn hinunterträgt. Ich ziehe weiter in das Viertel
Beyoğlu, in eine neue Unterkunft, die Dario, ein
Freund von mir, für mich besorgt hat. Er hält das
Izmir für ein Rattenloch, doch diese Ansicht teile ich
nicht. Allerdings muss ich zugeben, dass selbst dieses
recht günstige Hotel meine Möglichkeiten auf Dauer
übersteigt, denn langsam geht mir das Geld aus.
Außerdem behauptet Dario, das Viertel hinter dem
Bahnhof sei verrufen, weshalb es sich für eine anständige Frau wie mich von selbst verbietet. Aber
wenn er das sagt, zwinkert er mir zu. Frag mich also
nicht, ob es ihm ernst ist oder ob er mich auf die Schippe
nehmen möchte. Vorsichtshalber verkneife ich mir jeden
Kommentar. Mir ist ja bewusst, dass mein Ruf
angekratzt ist – aber hat er davon Kenntnis?
Mitunter habe ich durchaus den Eindruck, er würde
mehr von mir wissen, als ich ihm erzählt habe. Zu
verurteilen scheint er mich deswegen aber in keiner
Weise. Weshalb also sollte ich das tun?
Womit wir beim Thema wären. Falls Du einen Brief
voller Entschuldigungen erwartest, muss ich Dich
enttäuschen. Damit will ich nicht sagen, dass ich mir
verzeihe, was ich Dir angetan habe. Andererseits bin
ich nicht die Einzige, die sich zu einem unverzeihlichen Schritt hat hinreißen lassen ... Der einzige
Unterschied zwischen uns ist nur, dass Du offenbar*

*imstande bist, Dein Leben fortzuführen, als wäre
nichts geschehen.*

*Gelingt Dir das tatsächlich? Ich allein weiß, wie viel
Schmerz Du hinunterschlucken musstest. Wir würden
keine Geheimnisse voreinander haben, das haben wir
uns versprochen …*

*Wie bereits erwähnt geht mir das Geld aus, aber
Du brauchst Dir deswegen keine Sorgen zu machen.
Zum Glück habe ich in Dario einen echten Freund
gefunden. Er ist mir eine große Hilfe, auf ihn kann ich
unbedingt zählen. Und stell Dir vor, ich kenne ihn
noch aus der Zeit in Rom. Wobei »kennen« vielleicht
etwas hoch gegriffen ist. Möglicherweise habe ich Dir
gegenüber damals das eine oder andere Mal seinen
Namen erwähnt. Seine Schwester war eine Kollegin
von mir. Dario hat im Außenministerium gearbeitet,
dann ist er zur Kulturabteilung des italienischen
Konsulats in Istanbul gegangen. Danach hatte ich
vermutet, ich würde ihn nie wiedersehen … Als der
Mann am Fahrkartenschalter in Venedig dann aber
Istanbul erwähnt hat, musste ich sofort an Dario
denken.*

*Nach meiner Ankunft war es ein Kinderspiel, ihn
ausfindig zu machen, schließlich wusste ich, wo er
arbeitet. Er hat mir das Leben gerettet, das versichere
ich ihm immer wieder. Mit seiner Hilfe lösen sich
Probleme wie von selbst. Obwohl er noch kein Jahr
hier lebt, hast Du den Eindruck, er wäre hier geboren
worden. Er hat mich in die italienische Gemeinde*

Istanbuls eingeführt, sodass ich bereits etliche Menschen kennengelernt habe, die ihr Leben in vollen Zügen genießen. Auf diese Kunst versteht man sich hier bestens.

Nun hat mich Dario in der Villa einer reichen Witwe untergebracht, die sich ein wenig Gesellschaft wünscht. Das Haus ist wunderschön und besitzt einen riesigen Garten. Obendrein ist es nur einen Katzensprung vom italienischen Konsulat entfernt. Selbstverständlich ist auch das bloß eine vorübergehende Lösung, später muss man weitersehen. Im Scherz hält Dario mir ständig vor, ich müsse eben eine gute Partie machen und unter die Haube kommen. Attraktiv, wie ich sei, könne ich auf einen schwerreichen und durchaus ansehnlichen Mann hoffen, vorausgesetzt, er bringt die nötige Toleranz und Aufgeschlossenheit mit. Ausländische Frauen werden hier nämlich voller Misstrauen beäugt. Man glaubt, sie brächten allzu freie Sitten mit. Eine anständige türkische Frau hütet ihre Jungfräulichkeit bis zur Ehe. Die anständigen türkischen Männer hingegen und insbesondere die aus gutem Hause denken allerdings nicht einmal im Traum daran, sich einem solchen Diktat zu unterwerfen. Ihr wohl liebster Zeitvertreib besteht vielmehr darin, Freudenhäuser aufzusuchen oder tugendhafte Mädchen zu verführen. Ihre Eroberungen werfen sie dann in einen Topf mit gefallenen Mädchen. Eine Frau zu heiraten, die keine Jungfrau mehr ist, kommt für sie nicht infrage.

So viel anders ist es bei uns in Italien allerdings auch
nicht …

Überrascht Dich die Offenheit, mit der ich über
bestimmte Dinge rede? Daran wirst Du Dich gewöh-
nen müssen. Als Ausländerin bin ich hier in Istanbul
keck und wagemutig geworden. Im Übrigen erwarten
meine Mitmenschen nichts anderes von mir, und ich
möchte doch niemanden enttäuschen. Ich baue mir
gerade ein völlig neues Leben auf, da kann ich ja
wohl sein, wer immer ich sein will. Nach und nach
verwandle ich mich in eine Frau, die sich grundlegend
von der unterscheidet, die Du kennst. Sogar mein
Schatten hat sich schon verändert: Wenn ich die Straße
hinunterlaufe und aus den Augenwinkeln wahr-
nehme, wie er mir über das Pflaster hinterhereilt, wird
mir klar, dass es nicht mehr der Schatten von einst ist.
Allerdings auch nicht der, den ich erwartet hätte.
Stell Dir vor, ich habe sogar das Rauchen angefangen!
Bafra ohne Filter, das ist meine Marke. Die
Zigaretten bewahre ich in einem eleganten silbernen
Etui auf. Mir gefällt es ungeheuer, die Zigarette zum
Mund zu führen, einen Zug zu nehmen und sie dann
in der langen Spitze elegant zwischen den Fingern zu
halten. Dabei komme ich mir fast wie Greta Garbo
oder Marlene Dietrich vor. Würdest Du mir heute
auf offener Straße begegnen, würdest Du mich wahrscheinlich nicht wiedererkennen.
Ich hätte Dir noch so viel zu erzählen, doch ich muss
aufbrechen. Dario wartet sicher schon im Foyer auf

mich. Er wird mich und mein Gepäck in die neue
Unterkunft begleiten, danach wollen wir ausgehen.
Heute Abend sind wir zu einem Empfang im Hilton
eingeladen. Ein erfolgreicher Geschäftsmann feiert im
ganz großen Stil seine Verlobung. Der Champagner
soll angeblich in Strömen fließen, was wiederum ein
Ereignis für sich ist, weil Importgüter in der Türkei
staatlicher Kontrolle unterliegen, extrem teuer und nur
schwer aufzutreiben sind. Man munkelt bereits, unser
Gastgeber habe sämtliche Vorräte der Stadt aufgekauft.
Ich wünsche Dir, dass auch Du Dich gelegentlich
amüsierst.

Deine Schwester

Habt ihr schon das Neueste von Enrico und Lorenza gehört?«, fragt Elena in bewusst munterem Ton, denn sie will die Spannung vertreiben, die sich im Raum aufgebaut hat.

»Ist denn noch etwas passiert?«, geht Giovanna auf das Spielchen ein. »Außer dass die beiden wieder zusammengekommen sind?«

»Die beiden sind wieder zusammen, völlig richtig. Die eigentliche Sensation aber ist eine andere.« Elena kennt offenbar den neuesten Klatsch, den sie nun unbedingt mit den anderen teilen möchte. »Als Lorenza Enrico vor fast einem Jahr verlassen hat, da hat sie ihm doch geschworen, es gebe keinen anderen Mann. Damals hat sie behauptet, sie brauche eine Auszeit, um sich über verschiedene Dinge klarzuwerden, Freiraum zu gewinnen und was weiß ich nicht alles. Und obwohl Enrico gelitten hat wie ein Hund, hat er sich damit abgefunden und gehofft, sie komme früher oder später zurück.«

»Das ist sie ja nun auch«, bemerkt Annamaria.

»Richtig«, fährt Elena fort. »Enrico war im siebten

Himmel, von dem Kleinen ganz zu schweigen. Letzte Woche sind dann alle drei ans Meer gefahren und haben dort einen wunderbaren Tag verbracht. Am Abend hat Enrico die Autoschlüssel in Lorenzas Tasche gesucht – und was hat er da gefunden?! Eine Packung Kondome.«

»Das glaub ich nicht!«, stößt Sergio amüsiert aus.

»Das solltest du aber! Als Elena es mir gestern erzählt hat, war ich allerdings auch von den Socken«, gesteht Giulio. »Von einer Frau wie Lorenza hätte ich das niemals erwartet.«

»Und was will Enrico jetzt machen?«, hakt Annamaria nach.

»Fürs Erste gar nichts«, antwortet Elena. »Jedenfalls hat er noch nichts entschieden, aber wenn du mich fragst, verlässt er sie nicht.«

»Aber Lorenza hat ihn angelogen und sogar betrogen«, empört sich Giovanna.

»Er lässt sich doch alles bieten«, fällt Leonardo sein Urteil.

»Da bin ich anderer Meinung«, ergreift nun Elsa das Wort. Im Eifer des Gefechts hatten alle ihre Besucherin vergessen. »Er ist doch glücklich mit seiner Frau, oder? Und jetzt trägt er sie bestimmt auf Händen! Was spielt es da für eine Rolle, dass sie ihm eine Lüge aufgetischt hat? Die wesentlichen Dinge im Leben sind doch andere. Am Ende brauchen wir alle nur eines, und das ist das Gefühl, glücklich zu sein.«

Eine seltsame Stille breitet sich am Tisch aus, eine vertraute, fast tröstliche Stille. Elsa hat die sechs mit ihren

Worten offenbar dazu gebracht, über die wahren Werte im Leben nachzudenken.

»Das Glück kann sogar in einem Essen bestehen, das uns Nahrung und Liebkosung gleichermaßen ist«, fährt sie nach einer Weile in fröhlichem Ton fort. »Nehmen Sie nur diese Auberginen!« Sie zeigt auf die beiden kleinen, runden Früchte in sattem Blaurot, die Giovanna in der Schale zwischen den Peperoni drapiert hat. »Sie sind zwar wunderschön, dennoch bevorzuge ich die großen, fast schwarzen Auberginen. Haben Sie diese schon einmal zu geschmortem Lamm probiert? Dafür backe ich sie im Ofen, während ich das Fleisch auf kleiner Flamme mit Zwiebeln und Tomaten zubereite. Wenn die Auberginen fertig sind, schäle ich sie, hacke sie und gebe sie unter eine Béchamelsoße, die ich selbst herstelle. Das Ganze würze ich mit einer Prise Zimt, um anschließend das Fleisch darauf zu betten.« Elsa redet mit Feuereifer, sodass alle den Eindruck haben, sie würde sich eigentlich mit einer Person unterhalten, die nur in ihren Erinnerungen existiert. »Alle zehn Finger leckt man sich danach!«, schließt sie. »Das Gericht entzückt sogar einen Sultan. Mit anderen Worten: Hünkar Beğendi!«

»Hünkar? Heißt so dieses Rezept?«, fragt Giulio. »Ist das eine orientalische Spezialität?«

»Genau, ein wirklich exquisites Gericht. Die Hofköche haben es ersonnen, damit ihr Sultan eine Frau erobern konnte«, erklärt Elsa lächelnd.

Als Annamaria und Giulio mehr darüber erfahren wollen, erfüllt Elsa ihnen diesen Wunsch nur zu gern.

»Der Überlieferung nach hat Sultan Abdülaziz dieses Rezept kochen lassen, als die Kaiserin von Frankreich, Eugénie de Montijo, die Ehefrau von Napoleon III., die Türkei besuchte«, berichtet Elsa mit derart versonnener Miene, als würde sie ein altes Märchen aus dem Gedächtnis wiedergeben. »Er hatte sie zuvor in Paris kennengelernt, bei seiner einzigen Auslandsreise, die er anlässlich der Weltausstellung unternommen hatte, und offenbar war der Funke zwischen den beiden sofort übergesprungen. Als Eugénie zwei Jahre später ohne ihren Gatten an den Eröffnungsfeierlichkeiten des Suezkanals teilnahm, hat Abdülaziz sie gebeten, einen Zwischenhalt in Istanbul einzulegen. Um sie angemessen zu empfangen, hat er der Legende nach den Beylerbeyi-Palast generalüberholen lassen, einen eher kleinen, aber durchaus prunkvollen Bau auf der asiatischen Seite des Bosporus. Aber dutzende von Arbeitern legten sich Tag und Nacht ins Zeug, um rechtzeitig fertig zu werden. Rund um die Uhr trieb sie ein Orchester mit einem schnellen Rhythmus zu Höchstleistungen an. Als die Kaiserin eintraf, gab Abdülaziz ihr zu Ehren ein Bankett, und der Hauptgang bestand eben in diesem Entzücken des Sultans, dem Hünkar Beğendi. Die Kaiserin verbrachte die erste Nacht in den Gemächern des Sultans, was bei Hofe einen Riesenskandal auslöste und Tobsuchtsanfälle der Mutter von Abdülaziz heraufbeschwor. Dieser ersten Nacht folgten weitere, bis die Kaiserin ihre Reise fortsetzte.«

Elsa verstummt.

Was für eine faszinierende Persönlichkeit, denkt Giovanna. Wer weiß, wie viele Geschichten sie noch kennt. Sie muss weit in der Welt herumgekommen sein.

»He, Sergio, wie lange sollen diese Tagliatelle noch kochen? Nachdem Signora Elsa uns diese Geschichte erzählt hat, bestehen auch wir auf unserem Entzücken, wir sind schließlich nicht schlechter als der Sultan!«, scherzt Leonardo.

»Auf welche Stufe stellen Sie denn den Ofen?«, will Giulio von Elsa wissen, doch sie antwortet nicht. Abermals scheint sie ihren Gedanken nachzuhängen.

»Lasst sie endlich in Ruhe«, geht Sergio mit gedämpfter Stimme dazwischen, der schon wieder am Herd hantiert, denn nun will er Elsa ein wenig mit seinem delikaten Nudelgericht aufzumuntern.

»Leidenschaft ist in der Tat ein unberechenbarer Gemütszustand«, stellt Elena fest, während sie allen Wein nachschenkt. »Könnt ihr euch eigentlich vorstellen, dass man selbst heute noch aus Liebe krank wird?«

Das ist keine rhetorische Frage. Um die Stimmung aufzulockern, schildert sie einen Vorfall, der sich vor ein paar Tagen in dem Krankenhaus zugetragen hat, in dem sie als Internistin arbeitet. In der Notaufnahme tauchte ein Mann mit starken Schmerzen in der Brust auf, der alle typischen Symptome für einen Infarkt zeigte. Am Empfang stufte man ihn sofort als besonders dringenden Fall ein. Doch kaum hatte man mit einer eingehenden Untersuchung angefangen, traf der Freund des Patienten ein, ein ungeheuer attraktiver junger Mann, mit dem er sich ein paar Stunden zuvor höchst dramatisch überworfen hatte – und dieser Streit steckte hinter seinen Beschwerden. Nun aber waren sämtliche Symptome von einer Sekunde auf die andere wie weggeblasen. Auch die abschließenden Kontrollen bestätigten: Der Mann war kerngesund.

»Der klassische Fall eines gebrochenen Herzens. Nur gut, dass er seine Medizin prompt erhalten hat«, schließt Elena theatralisch.

Sie ist eine wahre Schatztruhe voller Geschichten, von anrührenden wie von witzigen, und sie hat ein diebisches Vergnügen daran, sie zu erzählen. Bei ihren Zuhörern sieht die Sache etwas anders aus. Leonardo beispielsweise lässt keine Gelegenheit aus, sie der Flunkerei zu bezichtigen.

»Nun rück schon raus mit der Sprache, die ganze Geschichte hast du frei erfunden«, stichelt er. »Du bist eine Märchentante, nichts anderes!«

»Ich bitte dich, sie ist der ehrlichste Mensch, den ich kenne!«, widerspricht Sergio, der bereit ist, Elena wie ein Löwe zu verteidigen. »Und warum sollte sie etwas erfinden?! Du weißt genauso gut wie ich, dass die Realität jede Fantasie übertrumpft.«

»Das sehe ich ganz genauso«, stößt Giulio ins selbe Horn.

»Dein Wort fällt nicht ins Gewicht«, bemerkt Leonardo und zwinkert ihm zu, »denn als ihr Ehemann bist du parteiisch!«

Hochzufrieden verfolgt Elena die Auseinandersetzung. Sie liebt es, in ihren Zuhörern den Verdacht zu säen, sie erfinde ihre Geschichten, gebe nicht bloß wieder, was sie erlebt hat.

»Möchte noch jemand etwas?«, fragt Sergio.

Annamaria dreht sich Elsa zu. Merkwürdig. Sie hat nicht einen Bissen angerührt. Mit leerem Blick starrt sie auf einen Punkt vor sich, den Kopf leicht gegen die hohe Stuhllehne geneigt. Im Grunde eine recht unnatürliche Position. Leise spricht Annamaria sie mit ihrem Namen an, doch Elsa antwortet nicht. Sie sitzt nur weiter da, in dieser ganz entschieden merkwürdigen Haltung: Ein Arm ruht im Schoß, aber der andere hängt schlaff herunter.

Nun ruft Annamaria sie. Ohne sich dessen bewusst zu sein, hat sie die Stimme erhoben, denn eine Welle der Panik wogt über sie hinweg. Instinktiv legt sie eine Hand auf ihren Bauch, auf die dünne Stoffschicht ihres Umstandskleides. Das Kind, das sie unter dem Herzen trägt, bewegt sich ganz sanft. Dankbar nimmt sie es zur Kenntnis. Es ist, als wollte das ungeborene Baby sie beruhigen.

Auch den anderen fällt jetzt auf, dass etwas mit Elsa nicht stimmt. Elena geht zu ihr hinüber und berührt sie behutsam, doch sie reagiert nicht. Daraufhin nimmt sie sanft Elsas Handgelenk zwischen Daumen und Zeigefinger, um den Puls zu ertasten. Alle halten den Atem an und schweigen. Kurz darauf schüttelt Elena traurig den Kopf. Ihr Blick wandert von einem zum anderen, wobei auf ihrem Gesicht ein Ausdruck liegt, in dem sich Bestürzung und Schmerz mengen. Elsa ist tot.

Istanbul, 1. Januar 1970

Liebe Adele,

*verzeih mir meine etwas krakelige Schrift, aber ich
habe in Saus und Braus Silvester gefeiert, und nun
kämpfe ich gegen eine ausgewachsene Migräne an.
Erinnerst Du Dich noch, dass ich in meinem letzten
Brief eine Verlobungsfeier erwähnt habe? Bei dieser
Gelegenheit habe ich Ender kennengelernt. Der Name
bedeutet übrigens »selten«. Der Mann hat Geld wie
Heu und ist ungeheuer einflussreich, außerdem macht
er mir seit dem Fest den Hof. Unter all meinen
Verehrern – ich will nicht prahlen, aber ich habe
wirklich einige – ist er zwar bei Weitem nicht der
jüngste und auch nicht der attraktivste, mit Sicherheit
aber der hartnäckigste. Sein vollständiger Name lautet
Ender Şahin, er handelt mit Kaffee und ist deshalb
viel auf Reisen, vor allem nach Brasilien. Gestern hat
er eine rauschende Party gegeben, um das Jahr 1970
angemessen willkommen zu heißen. Den Jahreswechsel
begeht man hier nämlich mit allem Drum und Dran,*

wobei sogar einige unserer traditionellen Weihnachts-
bräuche eine Rolle spielen. Istanbul ertrinkt dann
geradezu in Girlanden und reich geschmückten
Bäumen. Ein wahrer Augenschmaus!
Unter den Gästen war selbstverständlich auch Dario,
dem das Verdienst oder die Schuld – das habe ich noch
nicht entschieden – zukommt, Ender und mich
einander vorgestellt zu haben. Ich war sozusagen
der Ehrengast.
Um etwas wirklich Bombastisches aufzuziehen, hat
Ender einen der Prunksäle im Pera Palas *gemietet,*
dem Hotel, in dem Agatha Christie in den frühen
Dreißigern Mord im Orientexpress *geschrieben hat,*
einen ihrer bekanntesten Krimis. Hast Du ihn gelesen?
Ich schon. Die Geschichte ist wirklich spannend.
Agatha Christie wohnte damals in Zimmer Nr. 411.
Kurz vor Mitternacht hat Ender mich bei der Hand
gefasst und dorthin gebracht. Er hatte es für diese
Nacht gemietet, nur um es mir zeigen zu können. Wir
haben uns von der Party davongestohlen und wie zwei
Verschwörer die Säle und labyrinthischen Gänge dieses
mondänen Hotels durchquert. Ender hat mir erzählt,
man habe in dem Zimmer alles gelassen, wie es damals
war, als die Christie hier residierte. Als ob es eine Art
Museum wäre. Daher habe ich beim Eintreten fast
damit gerechnet, sie am Schreibtisch vorzufinden. Stell
Dir nur vor, auf ihm steht immer noch ihre Schreib-
maschine oder zumindest eine vom gleichen Modell.
Ich bekam eine richtige Gänsehaut: Auch ich bin mit

dem Orientexpress gefahren, auch ich habe ein tragisches Ereignis hinter mir … Plötzlich fühlte ich mich wie die Figur aus einem ihrer Kriminalromane, wie das potenzielle Opfer, aber auch wie die mögliche Mörderin. Weißt Du, was ich denke? Im Grunde ist die Liebe ein perfektes Verbrechen: Mal bringt sie Dich um, mal macht sie Dich stärker, doch in jedem Fall liefert sie Dir ein wasserdichtes Alibi für all Deine Macken.

Empfindest Du ähnlich, wenn Du daran denkst, was geschehen ist? Nein, sicher nicht. Ich vergesse ja ständig, dass Du Blut wie Eis und Nerven wie Stahl hast! Wenn es jemanden gibt, der niemals den Kopf verliert, dann bist Du das! Deshalb hast Du auch keine Ahnung, was es heißt, eine Panikattacke zu erleiden. So betrachtet bist Du der bessere Teil von mir. Der rationalere, der immer weiß, was er will, und niemals einen Fehler begeht. All das kann ich von mir nicht behaupten.

Für einen Augenblick habe ich mich gestern Abend in diesem Zimmer 411 in die Vergangenheit zurückversetzt gefühlt. Das hat wehgetan. Solange ich lebe, werde ich mich an unseren Pakt halten und schweigen. Allerdings muss ich kreidebleich geworden sein, denn Ender ist aufgefallen, dass mit mir etwas nicht stimmte. Als er sich erkundigte, ob es mir gut gehe, habe ich die Schuld auf den Champagner geschoben. In dem Moment ist uns bewusst geworden, dass in wenigen Augenblicken das Jahr 1969 zu Ende gehen würde,

wir uns aber immer noch wie zwei Diebe in diesem
Zimmer umschauten. Unten würden gleich die Gäste
anstoßen. Wir sind zum Fahrstuhl gerannt und haben
es gerade noch rechtzeitig geschafft: Dario wollte schon
ein Heer von Dienern ausschicken, damit sie uns
suchen.

Obwohl Ender alles daransetzt, mich zu erobern, habe
ich ihm bisher widerstanden. Dario ist sich sicher, dass
Ender demnächst um meine Hand anhalten wird.
Seiner Ansicht nach ist er verrückt nach mir. Und er ist
der Typ Mann, der geradewegs zum Ziel gelangen
will. Wie auch nicht, schließlich ist er Geschäftsmann
und daran gewöhnt, zu bekommen, was er will …
Zeit ist sein kostbarstes Gut. Dario meint, ich solle den
Antrag annehmen, aber ich bin mir nicht sicher. Ender
ist auf seine Art ausgesprochen charmant, doch eilt ihm
der Ruf voraus, ein echter Schürzenjäger zu sein. Nun
bin ich zwar nicht eifersüchtig, zum Glück nicht, aber
ich bin mir auch nicht schlüssig, ob ich bereits eine feste
Beziehung eingehen möchte, die durchaus kompliziert
werden könnte und zumindest theoretisch ein ganzes
Leben lang halten soll. Allerdings gibt es einen
hervorragenden Grund, mich Ender in die Arme zu
werfen, auch wenn das zynisch klingen und skrupellos
anmuten mag: seinen Reichtum.

Schockiert Dich das? Dann gewöhne Dich besser
daran. Deine kleine Schwester lernt gerade auf die
Schnelle die Kunst des Überlebens und hat die Absicht,
sich als gelehrige Schülerin zu erweisen.

Nebenbei bemerkt, dürfte selbst Darios uneigennützige
Großzügigkeit nicht ewig währen. Allmählich bin
ich es jedoch leid, mir ständig über meine Finanzen
den Kopf zerbrechen zu müssen.
Zu all diesen Problemen kommt ein weiteres hinzu:
Ich muss eine neue Bleibe finden, denn meine gegen-
wärtige Unterkunft nimmt mir die Luft zum Atmen.
Signora Vural hat sich als mürrische und missgünstige
Frau herausgestellt. Ständig liegt sie mir mit Läste-
reien über ihre beiden Schwiegertöchter in den Ohren.
Ihre beiden Söhne leben im Ausland und lassen nie von
sich hören: Der eine ist Augenarzt in den USA, der
andere wohnt in Paris, und sein Beruf ist mir nach
wie vor ein Rätsel. Nach Monaten der Funkstille hat
er sie letzte Woche angerufen, um sie zu bitten, ihm
Geld zu überweisen. Das musst Du Dir einmal
vorstellen! Aber Signora Vural ist sofort zur Post
gerannt und hat ihm glatt das Doppelte geschickt. »Der
Arme, er ist doch mein eigen Fleisch und Blut, für ihn
werde ich immer da sein«, hat sie sich gerechtfertigt.
Sie ist schon in jungen Jahren verwitwet und hat ihre
Söhne allein großgezogen. Statt ihr aber etwa dankbar
zu sein, schneiden sie ihre Mutter und beuten sie aus.
Und sie? Sie knöpft sich nicht etwa ihre Herren Söhne
vor, nein, sie regt sich über ihre Schwiegertöchter auf!
Diese würden ihre Ehemänner wie Gefangene
einsperren und zwingen, ihre Mutter schlecht zu
behandeln. Und wehe, Du forderst sie auf, sich die
Dinge in Ruhe durch den Kopf gehen zu lassen. Dann

*verspritzt sie ihr Gift sofort auch gegen Dich, denn
Signora Vural liebt ihre missratenen Söhne geradezu
abgöttisch. Dass sie deren Spiel nicht durchschaut,
bringt mich auf die Palme, auch wenn ich sie irgendwo
verstehen kann: Wohin Dich blinde Liebe zu führen
vermag, weiß ich bestens. Genau wie Du.*

Vor drei Tagen bin ich ins Kino Emek *gegangen, das
aus den Dreißigerjahren stammt. Es hat noch die alten
Sitze aus rotem Samt. Inzwischen sind sie in der Mitte
schon durchgescheuert. Als ich eines Nachmittags Dario
im Konsulat abholen wollte, ist mir im Schaukasten
ein Plakat für ein Festival des italienischen Films
aufgefallen. Ich habe meinen Augen nicht getraut, als
ich gesehen habe, dass sie 8½ von Fellini zeigen. Die
Vorführung sollte gleich beginnen, und ich beschloss, sie
allein zu besuchen. Auf dem Weg zum Kino bin ich am
Schaufenster einer Bäckerei vorbeikommen, in dem ich
Küchlein entdeckte, die mich an unsere* babà *erinner-
ten. Aus einer Laune heraus trat ich ein und kaufte ein
paar, damit ich während der Vorführung etwas zu
naschen hatte. Ich habe gewartet, bis das Licht ausging,
und erst dann die Tüte geöffnet. Das brachte ein
gewisses Geknister mit sich, was den Mann in der
Reihe vor mir veranlasst hat, sich zu mir umzudrehen
und mich ungehalten anzufunkeln. Innerlich habe ich
mir eins gefeixt. Du malst Dir nicht aus, was es für ein
Vergnügen war, im Dunkeln in diesem Kinosessel
zu sitzen, diese Küchlein zu essen und Marcello
Mastroianni dabei zuzuschauen, wie er als Regisseur*

in der Schaffenskrise völlig chaotisch neue Inspiration
sucht. Es war wie ein heilsamer Traum, in dem jedes
Detail nur dazu diente, Deine Stimmung zu heben:
die vertrauten Orte, die Gesichter, der süße Klang
Deiner Muttersprache ... Türkisch ist zwar eine
wunderschöne Sprache, aber ein wenig hart. Ich habe
mir zum Ziel gesetzt, sie zu lernen, aber das ist nicht
einfach. Meine Lehrerin, Signorina Güzin, eine
alleinstehende Frau mittleren Alters, die lange in
Florenz gelebt hat, behauptet zwar ständig, ich würde
enorme Fortschritte machen, aber sie ist eine Schmeich-
lerin, wie sie im Buche steht.
Nach dem Film habe ich noch einen Blick auf das
Programm geworfen. Für Februar ist Ich habe sie
gut gekannt von Antonio Pietrangeli mit Stefania
Sandrelli angekündigt. Dieser Film ist zwar etwas
trauriger, aber trotzdem werde ich ihn mir nicht
entgehen lassen. Dann werde ich mir wieder diese
Küchlein kaufen und es mir, bestens mit Nascherein
ausgestattet, in der Mitte des Saales genau in der
Mitte der Reihe gemütlich machen. Sobald das Licht
ausgeht, werde ich, die Pause eingerechnet, für ein paar
Stunden nach Italien zurückkehren. Sollte ich mir das
zur Gewohnheit werden lassen, fürchte ich allerdings,
bald aus dem Leim zu gehen.
Im Moment bin ich jedoch die Sensation, die faszinierendste Frau von ganz Istanbul, vergöttert von der
hiesigen High Society. Das sind natürlich nicht meine
Worte, sondern die von Dario. Er hinterbringt mir

brühwarm jeden Klatsch, den er über mich auf-
schnappt. Wegen all der Komplimente platzt er vor
Stolz. Als wäre ich seine ureigene Schöpfung. Im
Grunde sind ihm Frauen egal, denn er hat andere
Interessen, zurzeit jedoch spielt er mit mir wie mit
einer Puppe, die er ausstaffieren, verhätscheln und
vorzeigen kann. Ich hindere ihn nicht daran, vor
allem, weil es ist, der am Ende die Rechnung zahlt.
Bei einem schulterfreien Abendkleid, ein paar Stöckel-
schuhen oder einer Handtasche aus Frankreich verliert
er völlig den Verstand. Er zieht mit mir durch die
Geschäfte in den Straßen von Nişantaşı, einem Viertel,
in dem sich Boutique an Boutique reiht, jede übrigens
mit Pariser Chic. Sie würden sogar Dir gefallen. Die
Verkäuferinnen halten uns in schöner Regelmäßigkeit
für Mann und Frau, und wir gönnen uns das Vergnügen, sie in dem Glauben zu lassen. Hin und
wieder spendieren wir ihnen einen kleinen Ehekrach,
manchmal sogar Eifersuchtsszenen.
Gestern hat mir Dario ein Abendkleid geschenkt, rosa
und korallenrot und mit Goldstickerei. Einfach ein
Traum! Nächsten Freitag werde ich es zum ersten Mal
tragen. Da gibt das italienische Konsulat einen
Empfang, und Dario zählt auf mich, um die Gäste
gebührend willkommen zu heißen. Ender wird auch
anwesend sein, aber ihn werde ich wohl noch ein
Weilchen zappeln lassen. Leicht macht er mir das
allerdings nicht, das muss ich zugeben. Heute Morgen
schickte er mir zwei Dutzend rote Rosen. In ein paar

Tagen fliegt er nach Brasilien. Sollte er mir tatsächlich
vorher mit einem Antrag die Pistole auf die Brust
setzen, werde ich ihm sagen, dass wir darüber nach
seiner Rückkehr sprechen.

Hättest Du Dir jemals vorstellen können, dass Deine
Schwester, dieses schüchterne Ding, das sich bei jeder
Party in einer Ecke verkroch, während Du ständig
zum Tanz aufgefordert wurdest, heute die Queen des
Jetsets von Istanbul ist? Ich selbst mochte die naive
Träumerin, die ich damals war, ja ganz gern. Heute
bin ich jedoch völlig anders. Wie lange habe ich meinen
Platz in der Welt gesucht – dabei war er die ganze Zeit
in mir: Er liegt in meinem Herzen, das schlägt, in
meinem Blut, das fließt, in meinem Atem, meinem
Weinen und meinem Lachen. Er liegt in allem, was
mich am Leben hält, denn mein Schicksal – das bin ich.
Nie wieder werde ich mich vom Sog der Ereignisse
erfassen lassen. Was auch immer mir in der Zukunft
widerfahren wird, mag es gut sein oder schlecht, es
wird auf meine Entscheidung zurückgehen.

Dieses Versprechen gebe ich mir jeden Tag, und jeden
Tag aufs Neue versuche ich es einzuhalten, doch nur
Du allein ahnst, was mich das kostet. Hinter der
Maske der lachenden, koketten und lebenslustigen
Frau verstecke ich ein Herz, das sich selbst zerfleischt.
Wenn ich abends nach Hause komme und wieder ich
selbst werde, denke ich daran zurück, wie unzertrenn-
lich wir einst waren. Dann packt mich Verzweiflung.
Doch mag uns auch ein zutiefst tragisches und höhni-

sches Schicksal auseinandergerissen haben, das, was
wir einander bedeuten, wird niemals enden, schließlich
sind wir Schwestern. Blutsverwandte. Vergiss auch
Du das nicht!
Fürs Erste versuche ich mich so gut wie möglich zu
amüsieren. Das ist mein Mittel gegen jede Nieder-
geschlagenheit. Heute Abend gehe ich zum Beispiel mit
einem Freund essen, in einem neu eröffneten Restaurant, das sich auf die osmanische Küche spezialisiert
hat und von dem alle in höchsten Tönen schwärmen.
Bayram ist ein weiterer Verehrer von mir, auch wenn
er mir wie ein halbes Kind vorkommt. Dabei ist er
eigentlich nur ein paar Jährchen jünger als ich.
Trotzdem ist er höchstens so reif wie ein Jugendlicher.
Er stammt aus einer Familie, die ihr Geld in der
Textilindustrie gemacht hat, scheint aber nicht gerade
darauf zu brennen, selbst ins Geschäft einzusteigen,
denn er kennt nur ein Thema, und das sind die USA –
dorthin will er demnächst zurückkehren, um sein
Studium abzuschließen – und alles, was er damit
verbindet: Western, die James-Dean-Tolle, Coca-Cola,
Jeans und so weiter und so fort. Seine Mutter ist eine
der einflussreichsten Frauen in der guten Gesellschaft
von Istanbul. Letzten Endes entscheidet sie, wer
Zugang zu diesen Kreisen hat. Bisher bin ich ihr nur
einmal begegnet, bei einer Veranstaltung im Konsulat.
Sie hat mich an Dich erinnert. Besser gesagt, an
Dich in zwanzig Jahren. Unnahbar, elegant und
charismatisch.

Bayram – das wäre eine Partie! Er ist jung, angenehm
naiv und schwerreich. Außerdem sieht er gut aus
und begehrt mich leidenschaftlich. Heiraten wird er
mich leider niemals, denn das erlaubt ihm seine
Mutter nicht. Sie hat bereits eine bodenständige junge
Frau aus guter türkischer Familie für ihn ausgesucht.
Da kann ich natürlich nicht mithalten, zumindest in
ihren Augen nicht.

Ender ist zwar durchtrieben, aber nicht derart
anspruchsvoll. Oder vielleicht doch, nur zählen für ihn
andere Kriterien. Er möchte gern ein »böses Mädchen«,
das die Welt kennt. Herkunft interessiert ihn dabei
nicht. Das, was sein Verlangen weckt, bewertet er in
der Regel, indem er es betrachtet, beschnuppert und
berührt. Das sind seine eigenen Worte. Bisher habe ich
meine Entscheidung noch nicht getroffen, er hat ja
auch noch gar nicht offiziell um meine Hand angehalten. Was also soll ungebührlich daran sein, einen
angenehmen Abend mit einem ungestümen Verehrer
zu verbringen, der schön ist wie Amor persönlich?
Nun ist es spät geworden, und ich muss mich um-
ziehen. Das Kleid habe ich schon ausgesucht. Es ist
nachtblau und hat Applikationen in Gold und Silber.
Dir würde es wahrscheinlich nicht gefallen.
In Liebe

Deine Schwester

Der Krankenwagen ist da. Sergio hat die Notrufzentrale angerufen. Als er endlich jemanden am Apparat hat, ist er fast daran gescheitert, die Situation zu schildern. Der Mann am anderen Ende war nicht gerade der Eifer in Person. Von ihm kam ständig nur ein: »Verstehe ich nicht!« oder ein: »Können Sie das noch mal wiederholen?« Sergio hatte seine ganze Geduld aufbringen müssen, um nicht zu explodieren. Angespannte Momente wie dieser führen ihm vor Augen, was es heißt, den Ereignissen ausgeliefert zu sein. Die Zeit rannte ihnen doch davon! Erbarmungslos! Was, wenn Elena sich geirrt hat? Wenn Elsa nur bewusstlos war und dieser Kerl am anderen Ende der Leitung ihnen kostbare Minuten stahl …

Doch Elena hatte sich nicht geirrt.

Als ginge ihn das alles nichts an, beobachtet Sergio nun die Rettungssanitäter, die um den leblosen Körper einer Frau herumschwirren, von der er nicht das Geringste weiß. Giovanna steht neben ihm und wendet den Blick ab. Die Männer tragen Uniformen von derart beißendem Orange, dass ihr die Augen brennen. Nur sie beide und Elena sind in der Küche geblieben, die anderen sind ins Wohnzimmer geflohen. Durch die halb offene Tür dringt ihr Geflüster.

»Guten Tag«, stellt sich Elena vor. »Ich bin Ärztin …«

Sobald die Sanitäter erfahren, dass eine Kollegin vor Ort ist, zeigen sie sich noch emsiger. Elenas Titel schindet Eindruck, löst gleichzeitig aber auch ein gewisses Unbehagen aus. Jedenfalls ist das Sergios Eindruck. Ob die Männer das Urteil von jemandem fürchten, der zumindest auf dem Papier qualifizierter ist als sie? Elena gibt jedoch nichts auf diese Hierarchien, sondern informiert alle sachlich und präzise über den Vorfall, wobei sie mit der Vermutung schließt, die Frau sei einem akuten Herzanfall zum Opfer gefallen.

»Eben hat sie uns noch von einem Rezept mit Auberginen erzählt, dann war sie tot. Einfach gestorben, ohne einen einzigen Mucks von sich zu geben! Zuerst haben wir es gar nicht gemerkt …«, mischt sich Giovanna ein.

»Es hat also ein Weilchen gedauert, bis Sie verstanden haben, dass mit der Signora etwas nicht stimmt?«, will einer der Sanitäter von Elena wissen.

»Das ist kaum der Rede wert, dabei geht es höchstens um zwei Minuten. Ich habe gerade eine lustige Geschichte erzählt, sodass alle Blicke auf mich gerichtet waren. Da die Frau zu weit rechts von mir gesessen hat, befand sie sich außerhalb meines Blickfelds, sodass ich sie überhaupt nicht gesehen habe. Als ich nach ihrem Puls getastet habe, konnte ich ihn nicht mehr spüren.«

»Sie haben also festgestellt, dass die Signora keinen Herzschlag mehr hatte?«, hakt der Mann nach.

»Ganz genau.«

»Hat sie etwas Besonderes gegessen? Irgendetwas, das den Herzstillstand verursacht haben könnte?«

»Nein, sie hat das Essen praktisch nicht angerührt«, sagt Giovanna und deutet auf die Nudeln, die inzwischen kalt geworden sind und die ihre Besucherin nun nie essen wird.

»Sie hat den Wein abgelehnt. Als ich ihr ein Glas einschenken wollte, hat sie mich daran gehindert und mir gesagt, sie hätte lieber etwas Wasser. ›Heute ist es besser, wenn ich nichts trinke‹, hat sie noch erklärend hinzugefügt«, berichtet Sergio.

»Vor dem Essen hat sie aber eine Tablette genommen«, ergreift Elena wieder das Wort. »Wenn Sie in ihrer Tasche nachsehen, müssten Sie eigentlich die Packung finden. Vielleicht sogar das Rezept. Gut möglich, dass sie krank war.«

Die Rettungssanitäter unternehmen trotzdem alles, um Elsa wiederzubeleben, doch Elenas Diagnose hat Bestand, denn sämtliche Versuche scheitern.

»Wir können nichts mehr machen. Die Signora ist von uns gegangen«, stellt ein korpulenter Mann fest, offenbar derjenige, der hier die Verantwortung trägt.

Der Sanitäter, der mit Sergio gesprochen hat, füllt ein Formular aus und reicht es ihm zur Unterschrift. Unterdessen packen seine Kollegen bereits ihre Ausrüstung ein. Sergio kritzelt seinen Namen aufs Papier, in Gedanken ganz woanders und angewidert von dieser Bürokratie noch im Tod. Das Ganze erinnert ihn an einen Film. Einen von diesen Katastrophenfilmen, in denen der Notarzt ein paar Minuten vor Schluss eintrifft, wenn schon alles verloren scheint, und den Lauf der Dinge dann zum Guten wendet. Nur dass es in diesem Fall kein Happy End gibt.

Der Körper, der noch bis vor Kurzem Elsa gehört hat, liegt wie ein Sack auf der Trage. In dem grauen Gesicht hebt sich der verschmierte Lippenstift geradezu gespenstisch ab. Hinter ihr steht ein Stuhl, ein wenig vom Tisch abgerückt. Der Stuhl, auf dem sie vor nicht einmal einer Stunde Platz genommen hatte – und von dem sie nie wieder aufstehen sollte.

Der redseligste Sanitäter hat ein Funkgerät, das ziemlich vorsintflutlich aussieht und an seinem Gürtel baumelt wie eine Pistole. Dieses Höllengerät stößt immer wieder krächzende Laute aus. Sergio braucht ein Weilchen, um zu begreifen, dass es sich dabei um eine blecherne Stimme handelt, die trockene Befehle erteilt. In der Leitung rauscht es gewaltig. Niemand von den Sanitätern achtet darauf. Dieses aufdringliche Röcheln lässt die gesamte Szene noch irrealer wirken.

»Wieso ist deren Equipment derart überholt? Wäre ein Smartphone nicht praktischer?«, fragt sich Sergio halblaut, denn er gehört zu dem Typ Mann, der sich ein neues Telefon kauft, sobald es auf den Markt kommt.

»Was hast du gesagt?«, fragt Giovanna, die hinter ihm steht.

»Nichts weiter. Aber warum haben sie keine Smartphones, sondern diese röchelnden Kästen, um die Verbindung zur Zentrale zu halten?«

»Ich glaube, sie ziehen Funkgeräte vor, weil das sicherer ist«, vermutet Elena. »Falls du mal irgendwo kein Netz hast.«

Giovanna dagegen bringt keinen Ton heraus. Wenn sie nicht weiß, was sie sagen soll, schweigt sie lieber. Sie beobachtet das Tun der Sanitäter mit einer gewissen Genugtuung. Die konzentrierten, durch den beruflichen Alltag längst automatisierten Bewegungen, mit denen sie ein blaues Tuch über die Leiche ziehen, erinnern sie an bestimmte atavistische Rituale, die in einem Dokumentarfilm über verschiedene primitive Völker erwähnt wurden. Sie schätzt diese Effizienz, die so unverwüstlich ist, dass nichts – nicht einmal der Tod – ihr etwas anhaben kann. Diese Männer wissen, was sie zu tun haben, selbst wenn sie nichts mehr tun können.

»Ihre Schwester wird gleich hier sein. Jemand muss es ihr sagen«, wendet sie sich unvermittelt an Sergio, wobei sie den nüchternen Ton eines Menschen anschlägt, der ein Problem auf der Stelle zu lösen beabsichtigt.

»Stimmt! Das hatte ich ganz vergessen …«

Allein bei dem Gedanken, dieser freundlichen Frau zu erklären, dass ihre Schwester gestorben ist, kurz bevor es nach langen Jahren zu einem Wiedersehen kommen sollte, fühlt sich Sergio beklommen. Was für ein übler Scherz des Schicksals!

»Wohin bringen Sie sie?«, erkundigt sich die pragmatische Giovanna bei einem der Sanitäter. »Sie hat Angehörige, eine Schwester … Ich könnte mir vorstellen, dass es noch etliche Formalitäten zu erledigen gibt.«

»Würden Sie die Frau verständigen?«

»Ja, sicher. Sie ist ohnehin auf dem Weg zu uns und müsste gleich eintreffen.«

Der Mann nennt ihr die Adresse und die Telefonnummer von der Leichenhalle des Krankenhauses, in das sie Elsa bringen werden. Giovanna notiert sie rasch auf dem Block, der immer in der Küche liegt. Der, den sie normalerweise für ihre Einkaufszettel braucht.

Im Wohnzimmer haben die anderen nun aufgehört, sich mit gedämpfter Stimme zu unterhalten. Jemand hat die Tür weit aufgerissen, und von dort aus beobachten alle, wie die Sanitäter Elsas Leiche hinaustragen. Danach lässt sich Giulio in einen Sessel fallen, das Gesicht kreidebleich, den Blick ins Nichts gerichtet. Elena eilt zu ihm. Sein Zustand beunruhigt sie. Wieso ist er derart fertig? Er kannte diese Frau doch überhaupt nicht, da ist es doch nicht normal, dass ihr Tod ihn so aus der Bahn wirft. Um ihn zu trösten, legt sie eine Hand auf seine Schulter und streichelt ihn zärtlich.

»He, mein Schatz, was ist?«, fragt sie nachdrücklich. »Alles in Ordnung?«

»Ja, sicher«, brummt er, um sich sofort wieder in ein Schweigen zu verkapseln, wie sie es von ihm nicht kennt.

Kaum dass die Sanitäter mit ihrer traurigen Last das Haus verlassen haben, trifft die Polizei ein. Giovanna öffnet die Tür. Vor sich hat sie drei junge Männer, die äußerst nervös wirken. Einer von ihnen – ein Mann mit Augen von einem verwaschenen Grau und einem kurzen rötlichen Bart – hat eine Sammelmappe bei sich. Ohne dass ihn jemand aufgefordert hätte, nimmt er auf dem Stuhl Platz, auf dem Elsa gestorben ist. Weder Sergio noch Giovanna bringen es über sich, ihm das zu sagen.

»Was will jetzt auch noch die Polizei von uns?«, fragt Annamaria leise. »Wer hat die überhaupt gerufen?«

Leonardo zuckt nur die Schultern. Woher soll er das wissen? Beide sehen daraufhin fragend zu Elena hinüber. Als Ärztin unterstellen sie ihr in dieser Situation offenbar eine Art Allwissenheit.

»Wirklich, ich habe keine Ahnung«, beteuert sie. »Vielleicht informiert die Notrufzentrale bei unvorhergesehenen Todesfällen automatisch die Polizei.«

Annamaria streckt sich auf dem Sofa aus. Sie schiebt sich ein paar Kissen unter die Beine, damit sie höher liegen. Das hat ihr Gynäkologe ihr geraten, zur Unterstützung des Kreislaufs. Gleichzeitig hat sie in dieser Position den perfekten Blick in die Küche.

»Darf ich Ihnen etwas anbieten? Ein Glas Wasser vielleicht? Oder einen Espresso?«, fragt Sergio die Polizisten beflissen, als wären sie zu einem gemütlichen Beisammensein bei ihm eingeladen.

Den dreien steht jedoch nicht der Sinn danach, mit derlei Höflichkeiten auch nur eine Sekunde ihrer kostbaren Zeit zu verschwenden.

»Nein, danke. Ich würde jetzt nur gern den Vorfall noch einmal durchgehen, damit ich meinen Bericht aufsetzen kann«, antwortet der Polizist mit dem Bart gleich für alle.

In seiner linken Hand hält er die Sammelmappe, in der rechten einen Kugelschreiber.

Der Einzige, der seine Umgebung völlig vergessen zu haben scheint, ist Leonardo. Er zieht ein Comicalbum aus einem der Bücherregale, lehnt sich gegen die Wand und fängt an zu lesen. Als ob er in der Straßenbahn oder im Wartezimmer des Zahnarztes wäre. Seine Freunde wissen jedoch, dass er ihnen etwas vormacht. So zu tun, als ob nichts geschehen wäre, ist in einer Situation, die er nicht kontrollieren kann, seine bevorzugte Strategie.

Denn eigentlich ist Leonardo bei Ankunft der Polizei von Panik erfasst worden. In seinem ganzen Leben ist er noch nie mit dem Gesetz in Konflikt geraten, trotzdem fühlt er sich jetzt absurderweise schuldig. Als hätte er ein Verbrechen begangen, dessen Einzelheiten ihm aber nicht mehr präsent sind. Als wäre die Wohnung zum Schauplatz eines Verbrechens geworden und er würde gleich aufgefordert werden, seine Taten zu gestehen. Gut, aber welche genau, bitte? Das Heft in seinen Händen zittert leicht. Der edle Gangster Diabolik und seine Freundin Eva Kant haben mal wieder in einer Vollmondnacht ein paar Juwelen gestohlen. Auch Leonardo fühlt sich wie ein Dieb, und das setzt ihm zu. In solchen Situationen kehrt er dann stets den Draufgänger und arroganten Schnösel heraus, damit niemand seine Angst bemerkt. Niemand, bis auf diejenigen, die ihn sehr gut kennen, versteht sich.

»Was ist los, Leo?« Annamarias Stimme klingt etwas kläglich. »Was liest du da überhaupt?«

»Nichts weiter, einen alten *Diabolik*. Ich wusste gar nicht, dass Sergio die Dinger gefallen …«, antwortet er und linst über den Heftrand.

»Du bist zwar sein Freund, aber du wirst doch nicht ernsthaft annehmen, du wüsstest immer, was ihm gefällt!«, kontert sie in scherzhaftem Ton, während sie sich sanft über den Bauch streicht.

Leonardo taucht wieder in seine Geschichte ab. Er verkraftet Annamarias Anblick nur schwer. Ihre bevorstehende Mutterschaft fasziniert und terrorisiert ihn gleichermaßen, deshalb zieht er es vor, sie zu ignorieren. Besser, er konzentriert sich jetzt auf die Polizisten. An den Comic geklammert wie an einen Rettungsanker bei stürmischer See wirft er einen vorsichtigen Blick in Richtung Küche. Einer der Männer spricht mit Giovanna, aber Leonardo hat nur Augen für Sergio, der, ganz im Gegensatz zu ihm selbst, ruhig und gelassen wirkt, denn er verfügt über das Talent, sich jeder Situation anpassen zu können. Leo beobachtet ihn, wie er zwischen den Männern in Uniform steht. Diese scheinen an seinen Lippen zu hängen, als er das Wort ergreift. Ein Lichtreflex auf der Scheibe des Fensters lässt Sergios Haar auflodern. Überwältigt von einem Gefühl, an das er sich noch nicht gewöhnt hat, entgleitet Leonardo das Heft. Mit einem Mal interessiert ihn dieser *Diabolik* überhaupt nicht mehr. Unterdessen ist einer der Polizisten in der Wohnzimmertür erschienen und bittet sie, ihn in die Küche zu begleiten.

»Sie kannten die Verstorbene also gar nicht?«

Es ist schon das dritte Mal, dass der Mann mit dem Bart diese Frage stellt. Anscheinend kann er sich eine derart bizarre Situation partout nicht vorstellen.

Sergio, der mittlerweile am Ende seiner Kräfte ist, hält es für geraten, nun Giovanna das Wort zu überlassen. In der Tat wiederholt sie mit Engelsgeduld noch einmal alles von Anfang an. Endlich scheint sogar der Polizist zufrieden.

»Könnte ich dann bitte die persönlichen Sachen der Signora sehen?«, fragt er.

»Sie hatte nur diese Tasche bei sich«, mischt sich Sergio wieder ein und reicht ihm die bestickte Tasche, während seine Augen fast gegen seinen Willen nach den Briefen Ausschau halten, die Elsa auf den Tisch gelegt hat. Gott sei Dank, sie sind noch da! Ihm fällt ein Stein vom Herzen. Giovanna hat denselben Gedanken gehabt. Ihre Blicke kreuzen sich kurz, in beiden liegt die gleiche Erleichterung. Die werden sie der Schwester geben, sobald sie eintrifft. Das Bewusstsein, ihr noch die tragische Nachricht mitteilen zu müssen, holt Sergio erneut mit aller Wucht ein. Sofort verdrängt er es: Darüber wird er sich nachher den Kopf zerbrechen.

In Elsas Tasche finden die Polizisten außer einem italienischen Personalausweis noch einen türkischen Pass. Verstohlen schielt Sergio auf die Dokumente. Das eine Foto ist mindestens dreißig Jahre alt, das andere Bild jüngeren Datums. Die Frau ist in beiden Fällen dieselbe, der Name aber ein anderer. Wahrscheinlich hat sie in der

84

Türkei geheiratet und trägt nun den Namen ihres Mannes. Der Pass ist in Istanbul ausgestellt worden.

»Istanbul!«, entfährt es Giovanna. Sie ist fasziniert von dieser Stadt! Schon seit ewigen Zeiten will sie einmal dorthin, bisher hat es aber noch nicht geklappt.

»Ich habe mir schon etwas in der Art gedacht«, wirft Elena ein. »Nach dem Rezept von diesem Sultan ...«

»Dann hat sie ihre Briefe also in Istanbul aufgegeben«, hält Annamaria mit gedämpfter Stimme fest.

Der Einzige, der nichts sagt, ist Giulio. Seit Elsa tot ist, hat er keinen einzigen Ton herausgebracht. Niemand ahnt auch nur, wie erschüttert er ist. Dem Tod direkt ins Gesicht zu sehen hat ihm den Boden unter den Füßen weggezogen. Am Tisch hat er der Unbekannten genau gegenübergesessen. Diese gläsernen Augen, die ihn fixiert haben, ohne ihn zu sehen, wird er so schnell nicht vergessen. Und selbst da hat er nichts begriffen!

Schließlich wollen die Polizisten noch ihre Papiere sehen.

»Wir müssen Ihre Personalien aufnehmen. Das ist reine Routine«, erklärt der Polizist mit dem Bart. »Außerdem muss ich Sie darüber informieren, dass Sie in den nächsten Tagen eventuell noch einmal aufs Kommissariat kommen müssen, um eine abschließende Aussage zu machen«, fügt er in derart professionellem Ton hinzu, als würde er eine Vorschrift zitieren.

Dann endlich zieht er mit seinen Kollegen ab.

Ihre Schritte hallen noch die Treppe hinunter, während Giovanna die Tür schließt und sich mit dem Rücken schwer dagegensacken lässt, als wollte sie verhindern, dass nochmals ein Unglück über ihr Zuhause hereinbricht. Sie schließt die Augen und atmet tief durch. Die friedliche Ruhe von vorhin ist einer Wut gewichen, die sie selbst überrascht. Sie ist stinksauer auf diese Elsa. Die spontane Zuneigung, die sie für die Frau empfunden hat, wird von einer Welle verwirrenden Zorns weggespült. Was hat diese Frau sich eigentlich gedacht, aus heiterem Himmel die strenge Routine ihres perfekten Lebens durcheinanderzuwirbeln? Was war bloß in sie gefahren, Istanbul zu verlassen, eine Stadt, die Giovanna nicht kennt und die sie sich nur mit Mühe vorzustellen vermag, um dann hier aufzutauchen und ausgerechnet in ihrer Küche zu sterben? Obwohl sie sich grausam und egoistisch vorkommt, gelingt es ihr nicht, diese stumme Anklage zu unterbinden.

»Was ist los?«, fragt Annamaria, der nicht entgeht, dass es in ihrer Freundin gärt.

»Das alles tut mir so leid«, antwortet Giovanna, behält ihre wahren Gefühle aber für sich. Sie muss doch Mitleid mit dieser armen Frau haben, die eine lange Reise auf sich genommen hat, um ihre Schwester zu treffen, und die dann im Kreis von Unbekannten gestorben ist, die ihre Nudeln verputzten, fröhlich plauderten und sie darüber völlig vergessen hatten.

»Du hast recht, das ist wirklich eine traurige Geschichte«, pflichtet Annamaria ihr bei. »Was für eine Tragödie! Nach einer solchen Reise in der Küche einer Fremden zu sterben! Da fehlen dir doch die Worte!«

Fast scheint sie Giovannas Gedanken gelesen zu haben, die nun gegen ihren Willen rot anläuft. Mit aller Gewalt versucht sie die kummervolle Miene aufzusetzen, die von ihr erwartet wird, doch will es ihr nicht gelingen, alle Spuren des Zorns aus ihrem Gesicht zu vertreiben, der nach wie vor in ihr kocht. Elsas Tod hat nicht nur Giovannas Wahrnehmung der Wohnung verändert, sondern auch auf dem Bild, das sie von sich selbst hat, ein paar unschöne Spuren hinterlassen und Mängel ans Tageslicht gebracht, die sie bisher hervorragend ignoriert hat.

»Da irrst du dich.«

Alle Köpfe drehen sich Giulio zu. Er hat den Mund aufgemacht! Endlich hat er die Schockstarre überwunden. Nun sieht er Annamaria fest an.

»Was meinst du?«, fragt diese.

»Sie ist nicht in der Küche einer Fremden gestorben. In ihren Augen ist das immer noch die Wohnung, in der sie vor fünfzig Jahren gelebt hat. Ein Ort, der ihr vertraut war und an dem sie sich wohlgefühlt hat. Ob wir hier waren oder jemand anders, das hat für Elsa überhaupt keine Rolle gespielt. Hauptsache, sie selbst war in der Wohnung. Manche Orte speichern Gefühle wie ein Mensch, der tief einatmet und dann die Luft anhält. Dann stoßen sie diese ganz langsam wieder aus. Wer sie wahrnimmt, saugt sie mit jeder Zelle seines Körpers auf. Dadurch fühlt man sich an einem solchen Ort wie zu Hause.«

Man muss kein Experte sein, um zu wissen, dass auch

Giulio, ein hypersensibler Mann, gerade eine ganze Reihe starker Gefühle durchlebt hat. Elena geht zu ihm und umarmt ihn.

»Bleibt die Frage der Schwester. Was machen wir mit ihr?«, erkundigt sich Annamaria besorgt.

»Viele Möglichkeiten haben wir ja nicht, schließlich wird sie gleich hier sein«, erwidert Leonardo.

»Wenn sie da ist, werden wir ihr schonend beibringen, was passiert ist«, verspricht Elena.

»Die Polizisten haben sich doch ihren Namen notiert«, meint Annamaria hoffnungsvoll. »Können sie ihr das nicht mitteilen?«

»Und wie? Ich habe ihnen die Telefonnummer von Signora Adele gegeben, aber sie ist bereits unterwegs«, bemerkt Giovanna.

»Warum ihre Privatnummer?«, hakt Sergio nach.

»Weil es die einzige ist, die ich habe.«

»Meiner Ansicht nach ist es sowieso besser, wenn wir es ihr sagen. Persönlich«, wirft Giulio ein, der sein Sprechvermögen endgültig zurückerlangt hat. »Das wäre wenigstens etwas menschlicher.«

»Menschlicher?«, fragt Giovanna zurück.

»Unbedingt. Sie sitzt gerade im Auto und ist ja auch nicht mehr die Jüngste. Eine derart schreckliche Nachricht am Telefon von der Polizei zu hören, das wünscht man doch niemandem«, stößt Elena ins selbe Horn.

»Natürlich. Ich wollte ja nur alles richtig verstehen ...«, murmelt Annamaria in fast entschuldigendem Ton.

»Elena hat recht. Wenn sie kommt, muss es ihr jemand

von uns mit dem nötigen Feingefühl beibringen«, beendet Sergio die Diskussion.

Ihm ist klar, dass er derjenige sein wird, der diese Aufgabe zu übernehmen hat. Giovanna würde mit der Tür ins Haus fallen. Außerdem ist sie kaum wiederzuerkennen. Irgendetwas hat sie aufgewühlt. Deshalb wird er mit Signora Adele sprechen, da bleibt ihm nichts anderes übrig. Um seine Nervosität zu bekämpfen, schnappt er sich die Servierplatte mit dem Braten und kippt diesen in den Mülleimer. Allein bei dem Gedanken, ihn bei späterer Gelegenheit aufzuwärmen, dreht sich ihm der Magen um.

»Hast du ein paar Tropfen für mich?«, fragt Leonardo da. »Irgendein Beruhigungsmittel …«

»Klar, es müsste noch ein Fläschchen Lexotan da sein. Ich seh gleich nach!«

Sergio geht zum Bad, mit Leonardo im Schlepptau. Sie lehnen die Tür an und umarmen sich.

»Ganz ruhig, Leo, alles wird gut«, flüstert Sergio, während er ihn fest im Arm hält. »Alles wird gut.«

Leonardo schmiegt sich an ihn. Die Stimmen der anderen dringen nur noch gedämpft zu ihnen, wie aus weiter Ferne, doch sie achten nicht darauf. Leonardo sucht Sergios Lippen und küsst ihn leidenschaftlich.

Istanbul, 4. Mai 1971

Liebe Adele,

es gibt große Neuigkeiten zu berichten.
Die erste wird Dich bestimmt überraschen – oder
vielleicht auch nicht. Ich habe geheiratet. Ender hat
mit mir gespielt wie die Katze mit der Maus und am
Ende gewonnen. Er hat mir den Hof gemacht, mich
umschmeichelt und mit teuren Geschenken überhäuft.
Er hat sogar – ob nun bewusst oder unbewusst – Dario
vorgeschickt, der etwas von seinen Absichten durch-
blicken lassen sollte, um auf diese Weise das Terrain zu
sondieren. Danach ist Ender klammheimlich nach
Brasilien abgedüst. Nicht einmal verabschiedet hat er
sich von mir. Als er nach drei Wochen zurückgekommen
ist, hat er erst einmal etliche Tage vergehen lassen, ohne
sich bei mir zu melden. Allmählich habe ich mich schon
gefragt, ob irgendetwas geschehen ist, das ihn dazu
gebracht hat, mich mit neuen Augen zu sehen. Je mehr
Zeit verstrich, je stärker ich ins Grübeln geraten bin,
desto interessanter schien mir Ender.

Es ist ja nicht so, dass ich mein bisheriges umtriebiges Leben aufgegeben hätte, aber: Früher bin ich fast jeden Abend essen oder tanzen gegangen oder habe mich auch mal nur auf ein Glas Raki in einem der vielen Lokale von Bebek verabredet. Mit Dario und anderen Freunden. Die Donnerstagnachmittage habe ich im Konsulat zugebracht, wo es einen separaten Raum gibt, der für die Vereinigung Italienischer Frauen in Istanbul eingerichtet worden ist. Vor allem habe ich mich da am Bridgetisch ausgetobt, mit einer einge-schworenen Gruppe leidenschaftlicher Spielerinnen, die mit lässigem Blick auf die Karten in ihrer Hand Erinnerungen und leckere Rezepte der italienischen Regionalküche austauschten. Inzwischen nehme ich an diesen Treffen nicht mehr teil, der Weg ins Konsulat ist einfach zu umständlich. Ein wenig bedauere ich das. Bridge habe ich im Handumdrehen gelernt und mich stets gut geschlagen.

Und nicht zu vergessen, mein kleiner Kreis von Verehrern, allen voran Bayram, der schön wie die Sonne ist. Es war ein mehr als angenehmes Leben, auf das nicht einmal ein Schatten fiel, als Ender sich nicht bei mir gemeldet hat. Aber wie lange hätte es noch so weitergehen können? Meine extrem unsichere Situation ist mir stets bewusst gewesen. Dann war da noch das Problem mit meiner Unterkunft, das mich mit jedem Tag stärker belastete. Sicher, es hatte durchaus seine Vorteile, bei Signora Vural zu leben, zumal ich ja keine Miete gezahlt habe, doch es fiel mir

immer schwerer, ihr vorzuspielen, ich könne sie leiden,
insbesondere da sie mich in letzter Zeit schief ansah.
Bestimmt hat sie mich da schon ebenso abgelehnt wie
ihre Schwiegertöchter. Früher oder später hätte sie mich
garantiert unter einem fadenscheinigen Vorwand
gebeten, mir eine neue Bleibe zu suchen.
Mit Bayram auszugehen war ein einziges Vergnügen.
Hand in Hand sind wir durch die Frühlingsluft
geschlendert, unter dem kühlen Dach der Linden und
Kastanien, und haben so getan, als wären wir verlobt.
Gelegentlich hat ihm ein sinnesfreudiger Onkel,
das schwarze Schaf der Familie, seine Wohnung
überlassen. Zwei Zimmer im Viertel Pera. In dieser
Junggesellenhöhle voller Spiegel haben wir uns gern
auf einem alten Sofa geliebt. Bayram wird nun aber
bald nach New York gehen, um sein Studium abzu-
schließen. Das erwartet seine Mutter von ihm. Wir
werden uns wohl nie wiedersehen, und das weiß er
genau.
Das also war die Situation noch vor einem Monat.
Viel Spaß, enorme Kosten, Affären, deren Ende
genauso absehbar war wie das meiner Ersparnisse,
und keine vernünftige Perspektive. Abgesehen von der,
einen Mann zu heiraten, der mindestens genauso
unverkrampft war wie ich, wenn nicht noch mehr.
Der auf seine Art charmant ist, den ich aber nicht liebe.
Der reinste Groschenroman, oder etwa nicht?
Und nun das Happy End: Letzte Woche haben Ender
und ich geheiratet.

*Ender hat in einem Restaurant um meine Hand
angehalten. Dafür hat er mich ins* Rejans *ausgeführt,
das gerade ungeheuer in Mode ist. Ender ist hier
Stammgast, der Kellner hat ihn mit allem nur denk-
baren Brimborium begrüßt. Ich hatte den Eindruck,
dass Ender ganz bewusst einen Ort gewählt hat, an
dem man ihn kennt und schätzt, denn mit Sicherheit
wollte er bei mir Eindruck schinden, indem er mir
demonstrierte, wie die Leute um ihn herumscharwen-
zeln. Die Mühe hätte er sich allerdings sparen können,
denn meine Entscheidung stand längst fest. Während
wir auf den Nachtisch warteten, zwei Pfirsich Melba
mit Vanilleeis, hat er aus der Tasche seines Sakkos eine
kleine Schachtel aus blauem Samt gezogen. Sie enthielt
einen Ring mit dem größten und funkelndsten
Diamanten, den ich je in meinem Leben gesehen habe.
Ender hat nach meiner linken Hand gefasst und mir
den Ring angesteckt. Er passte wie angegossen, fast als
hätte er heimlich meinen Finger ausgemessen, damit
wirklich alles perfekt war. Ich weiß nicht, warum, aber
dieser Gedanke hat mich gerührt. Dadurch gewinnt
dieser Ring für mich noch an Wert. Seitdem habe ich
ihn nie mehr abgenommen.
Die Zeremonie war im Grunde recht bescheiden. Auch
beim Empfang waren nur rund einhundert Gäste
geladen, mehr nicht. Von meiner Seite überhaupt keine
Verwandten. Nur Dario. Ender hat darauf bestanden,
im* Hilton *zu feiern, weil wir uns dort kennengelernt
haben, bei der Verlobungsfeier eines Pärchens, von*

dem wir beide schon lange nichts mehr gehört haben.
Romantisch, nicht wahr? Da erweist sich Ender allen
Ernstes als beflissener Ehemann.
Wir leben in Bebek, in einer riesigen roten Villa mit
Blick auf den Bosporus. Er hat sie extra für mich
gekauft und kommt selbst kaum in ihren Genuss. Wie
ich Dir schon geschrieben habe, ist er beruflich ständig
unterwegs. Das ist ein weiteres Plus. Sich nur selten
zu sehen ist der sicherste Weg, bestens miteinander
auszukommen.
Das Haus ist wunderbar, hat zahllose Zimmer, Säle
und Sälchen und einen weitläufigen Garten, der nach
hinten rausgeht. Im Schlafzimmer höre ich das Wasser
gegen den Bootssteg schwappen. Letzte Nacht konnte
ich nicht einschlafen. Da habe ich zwei Fischern
gelauscht, die direkt unter meinem Fenster angelegt
hatten. Es war kaum mehr als ein Geflüster, und
wirklich verstanden, worüber sie sich unterhielten,
habe ich nicht, aber ich glaube, der eine hat dem
anderen eine Geschichte erzählt. Darüber bin ich
allmählich in den Schlaf gesunken.
Den Haushalt führt uns eine ältere Frau, die Ender
kennt, seit er ein kleiner Junge war. Ob sie mich mag,
weiß ich nicht genau, aber letztlich ist es mir egal.
Dann haben wir noch – wie könnte es anders sein? –
eine exzellente Köchin, ein Zimmermädchen für alles
und einen Chauffeur.
Gestern habe ich mich von Murat, eben dem Chauf-
feur, nach Sultanahmet und zum Großen Basar fahren

lassen. Dort wollte ich traditionellen türkischen Schmuck kaufen und ihn mir selbst schenken. Und ich habe tatsächlich etwas gefunden: einen filigranen Armreif aus Gold, besetzt mit Türkisen und Rohrubinen. Anschließend habe ich Murat gebeten, mich zum Taksim-Platz zu begleiten. Ganz in der Nähe hatte ich mich mit Dario in einer Teestube verabredet. Jetzt, da ich nicht mehr in Beyoğlu lebe, sehen wir uns nicht mehr so häufig wie früher. Seine Gesellschaft fehlt mir, und das habe ich ihm auch gesagt. Beim Abschied haben wir uns versprochen, uns in Zukunft öfter zu sehen.

Mein Briefpapier geht zu Ende, und anscheinend habe ich vergessen, mir neues zu besorgen, darum muss ich hier Schluss machen. Aber vorher möchte ich mich noch nach Dir erkundigen.

Wie geht es Dir? Wie verbringst Du Deine Tage? Hast Du noch einmal geheiratet? Glaube ja nicht, dass ich Dich vergessen habe! Deine Abwesenheit lässt mich nicht los, keine Sekunde lang.

Lass zur Abwechslung einmal etwas von Dir hören. Dieser Monolog fängt nämlich an, mich zu ermüden.

Mit unveränderter Liebe, trotz allem,

Deine Schwester

So leid es mir tut, aber bevor ich Ihre Wohnung betrete, muss ich Sie um einen Gefallen bitten: Mit meiner Schwester möchte ich unter vier Augen sprechen. Wo ist sie?«, fragt Adele Conforti sichtlich nervös, während sie die letzten Stufen hinter sich bringt.

Ihre Stimme klingt schrill, fast wie die eines jungen Mädchens. Die Treppen hat sie mit der Entschlossenheit einer Bergsteigerin genommen, ohne zwischendurch innezuhalten, wenn auch mit einer gewissen Langsamkeit, weshalb sie nicht einmal kurzatmig ist. Bestimmt ist sie älter als Elsa, denkt Sergio. Dabei aber in deutlich besserer körperlicher Verfassung. Als sie damals beim Notar gewesen sind, da war sie vierundsiebzig, also muss sie jetzt sechsundsiebzig sein. Eine tadellose Erscheinung im Hosenanzug aus taubengrauem Leinen, dazu ein Herrenhemd, dichtes silberfarbenes Haar, jede Strähne an ihrem Platz. Die gleichen Augen wie ihre Schwester, aber mit einem abgeklärteren Ausdruck darin. Als ob das Leben ihr eine Lektion erteilt und sie sich diese zu Herzen genommen hätte.

Nach allem, was geschehen ist, hat niemand mehr an sie gedacht, als es unten an der Haustür geklingelt hat. Giovanna war gerade dabei, zusammen mit Giulio und Elena den Tisch abzudecken. Annamaria hatte sich auf einen Stuhl fallen lassen und über furchtbare Rückenschmerzen geklagt. Das Klingeln hatte sie alle zusammenfahren lassen.

»Das muss ihre Schwester sein! Signora Conforti … Sergio!«, hatte Giovanna panisch ausgestoßen. »Wo steckst du eigentlich?«

Es hat kaum wie eine Frage, sondern eher wie ein Hilferuf geklungen.

»Hier! Du brauchst also nicht so zu schreien!«

Sergio ist mit einer seltsamen Miene in der Küche aufgetaucht. Hinter ihm Leonardo, mit knallrotem Kopf und feuchtem Haar, als hätte er sich gerade Wasser ins Gesicht geklatscht. Giovanna gibt vor, den verlegenen Blick der beiden nicht zu bemerken.

»Leonardo hat mich um ein Beruhigungsmittel gebeten. Er will sich zwar nichts anmerken lassen, aber er ist ziemlich aufgewühlt. Ich habe ihm ein paar Tropfen Lexotan gegeben. Zum Glück ist mir eingefallen, dass wir noch ein Fläschchen im Bad haben«, hat Sergio ihr ins Ohr geflüstert, bevor er den Türöffner betätigt hat.

Doch Giovanna weiß, dass ihr Mann sie anlügt. Erst gestern hat sie sämtliche Regale und Schränkchen im Bad inspiziert. Ein guter Teil der alten und fast leeren Aftershaves sowie etliche abgelaufene Medikamente sind dabei im Müll gelandet. Auch das Fläschchen Lexotan.

Oder das doch nicht? Zweifel keimen in ihr auf. Früher war sie selbstsicherer, heute gilt das nicht mehr.

Es ist nicht das erste Mal, dass Sergio ihr eine Lüge auftischt, doch zieht sie es vor, ihm zu glauben. Sonst müsste sie sich ja nach dem Warum dafür fragen.

»Lexotan?«, hat sie deshalb nur gemurmelt. »Bist du sicher?«

Da hat er sie aber schon nicht mehr gehört, weil er bereits auf den Treppenabsatz hinausgetreten ist, um Adele zu begrüßen.

Nun, da Signora Conforti eingetroffen ist, was sollen sie da sagen? Sergio scheint fest entschlossen, ihr die traurige Nachricht zu überbringen. Giovanna ist ihm von Herzen dankbar dafür.

Die Frau bleibt unmittelbar hinter der Wohnungstür stehen und sieht sich erstaunt um.

»Bitte, setzen Sie sich doch!«, fordert Giulio sie auf und geleitet sie formvollendet zu einem Stuhl.

Im Unterschied zu ihrer Schwester scheint Adele nicht die Angewohnheit zu haben, viel zu lächeln. Nicht ein Muskel zuckt in ihrem Gesicht. Die Haut, von der Zeit gezeichnet, ist um die mit hellem Lidschatten geschminkten Augen straff, der Mund eine feine rote Linie. Sie streicht sich mit der Hand über das Haar.

»Mein Güte, hier hat sich ja einiges verändert«, ruft sie aus. »Ich erkenne mein altes Zuhause ja gar nicht wieder!«

Ob sie die Veränderungen in der Wohnung billigt oder nicht, ist nicht zu entscheiden.

Wie immer, wenn Giovanna verlegen ist, verspürt sie das dringende Bedürfnis, etwas zu tun. Ihre Hände zu beschäftigen.

»Kann ich Ihnen vielleicht …«, ergreift sie das Wort, »… einen Espresso anbieten?«

»Womöglich könnte die Signora etwas Stärkeres vertragen, einen Cognac vielleicht …«, mischt sich Giulio ein wenig unbeholfen ein.

Adele Conforti starrt verwundert in die Runde: Weshalb sollte sie etwas Stärkeres brauchen? Die ausweichenden und besorgten Blicke dieser jungen Leute um sie herum lassen in ihr jedoch eine böse Vorahnung aufkeimen. Deshalb willigt sie mit einem angedeuteten Nicken ein.

Wie gut, dass wir immer eine Flasche Cognac für Gäste im Haus haben, denkt Giovanna, die normalerweise nichts Hochprozentiges trinkt.

»Kümmerst du dich darum, Sergio?«, bittet sie ihren Mann leise. »Ich kann einen Whisky ja nicht von einem Brandy unterscheiden …«

Sergio greift mit sicherer Hand nach einer Flasche mit auffälligem Etikett im höchsten Regalfach und füllt ein kleines Kristallglas zwei Fingerbreit mit der bernsteinfarbenen Flüssigkeit. Giovanna geht unterdessen auf die Suche nach einer Kleinigkeit, die sie der Frau zusammen mit dem Cognac anbieten kann. Nicht, dass sie Signora Conforti erst eine traurige Nachricht überbringen und sie dann auch noch betrunken machen. Aber von der Zartbitterschokolade ist ja noch etwas vorrätig, fällt ihr erleichtert ein. Die passt bestens zu dem Cognac. Das vertraute Hantieren, die perfekt kontrollierten und höchst effizienten Gesten geben Giovanna ein Gefühl von Ruhe und Stabilität zurück. Sobald sie sich als tadellose Herrin des Hauses präsentieren kann, löst sich ihre Nervosität in Luft auf.

»Wo ist Elsa?« Adele sieht sich immer alarmierter um. »Ist sie denn schon gegangen?«, fragt sie.

Die Abwesenheit ihrer Schwester ist ihr also bereits bewusst geworden.

Damit ist der Moment gekommen, den alle fürchten. Sergio schnappt sich einen Hocker und setzt sich neben sie. Adele ist eine kleine und zierliche Frau, er hingegen ein großer und kräftiger Mann. Selbst jetzt überragt er sie, aber immerhin kann er ihr nun gut in die Augen sehen. Irgendwo hat er einmal gelesen, es sei von immenser Bedeutung, den Blickkontakt mit dem Gegenüber zu halten, wenn man eine traurige Nachricht überbringen muss. Auf diese Weise könnten unüberlegte Reaktionen minimiert werden – und ebendie fürchtet er gerade am meisten. Ganz bestimmt wird Signora Conforti in Schluchzen ausbrechen oder einen hysterischen Anfall erleiden. Bisher hat er sich um die Eröffnung des Gesprächs gedrückt, doch nun darf er sie nicht weiter auf die lange Bank schieben.

»Ihre Schwester ist in gewisser Weise tatsächlich fortgegangen … Sie hat uns verlassen. Für immer.«

Die Worte sprudeln aus ihm heraus, und noch während er spricht, schämt er sich bereits dafür.

Die Frau sitzt wie versteinert da. Aus ihrem Gesicht

ist alle Farbe gewichen. Der rote Strich ihrer Lippen wirkt straff wie ein Hochspannungskabel. Jedes einzelne ihrer Jahre zeichnet sich in ihrer Miene ab, vielleicht sogar noch ein paar mehr. Sie dreht den Kopf zum Fenster und schaut hinaus. Nichts anderes hat ihre Schwester getan. Schließlich greift sie mit unsicherer Hand nach dem Glas mit dem Cognac und nimmt einen ordentlichen Schluck.

»Was ist passiert?«, fragt sie schließlich mit völlig veränderter, schwacher Stimme, während sie weiterhin einen Punkt jenseits der Scheibe fixiert.

»Wir haben alle zusammen hier am Tisch gesessen, da hat plötzlich ihr Herz aufgehört zu schlagen.« Sergio will die Worte mit Sorgfalt wählen, doch das ist furchtbar schwer. »Wir haben uns über alles Mögliche unterhalten, und sie hat bis fast zum Schluss mit uns gescherzt und gelacht. Sie hat uns von einem Rezept mit Auberginen erzählt ... Irgendwann ist jemandem – ich glaube, Annamaria war es – aufgefallen, dass ... dass sie nicht mehr atmet.«

»Sie hat ganz bestimmt nicht gelitten«, versichert Annamaria voller Anteilnahme, denn sie meint, das erwarte Sergio von ihr.

»Das ist auch mein Eindruck«, bestätigt dieser. »Unsere Freundin Elena, die Ärztin ist, hat dann sofort versucht, sie wiederzubeleben. Leider hat sie jedoch nichts mehr ausrichten können. Das Herz wollte nicht mehr schlagen.«

»Nehmen Sie doch bitte etwas Schokolade, sie ist köstlich«, interveniert Giovanna und hält Adele die Schale mit den Täfelchen hin. Feingefühl ist nicht unbedingt ihre Stärke. Sofort fängt sie sich entsetzte Blicke ein, doch auf Adele scheint diese Höflichkeitsfloskel tatsächlich einen belebenden Effekt zu haben, denn sie findet aus der bestürzten Starre heraus, in die sie gefallen ist. Behutsam wickelt sie ein Täfelchen aus und steckt es in den Mund.

»Die ist wirklich gut, danke«, sagt sie wie einstudiert, gewinnt aber allmählich die Kontrolle über sich zurück. »Haben Sie den Notarzt gerufen?«, will sie wissen. »Ist er gleich gekommen?«

»Aber sicher! Das war das Erste, was ich gemacht habe. Sobald Elena gesagt hat, dass Ihre Schwester nicht mehr atmet und ihr Herz stehen geblieben ist, habe ich die 118 angerufen. Zehn Minuten später waren die Sanitäter schon hier.«

»Da können wir von Glück sagen«, fügt Giovanna hinzu. »Sie wissen es ja selbst, das Krankenhaus liegt ganz in der Nähe ...«

»Und sie hatten sämtliche Geräte dabei, die für eine Wiederbelebung nötig sind«, stellt Sergio klar.

»Manchmal sind fünf Minuten entscheidend«, erwidert die Frau eisig.

Elena schildert erneut, wie sich alles zugetragen hat. Ihr Wissen erlaubt es ihr, am besten über die Einzelheiten Auskunft zu geben. Sie greift auf Fachausdrücke und hochtrabende Wendungen zurück. Als diese auf Adele einprasseln, scheint sie bei aller Erschütterung tatsächlich ihre Fassung ein wenig zurückzuerlangen. Als Ärztin ist Elena daran gewöhnt, mit Familienangehörigen von Patienten zu sprechen. Sie weiß, wie schlechte Nachrichten darzulegen sind.

»Ihre Schwester hat noch kurz vor ihrem Tod um ein Glas Wasser gebeten, damit sie eine Tablette einnehmen konnte. Daher vermute ich, dass sie krank war«, schließt sie.

»Verstehe.«

»Allerdings kann ich Ihnen versichern, dass sie bis zum Schluss auf uns nicht den Eindruck gemacht hat, als würde sie leiden müssen«, schaltet sich Sergio erneut ein. »Ab und an wirkte sie etwas verwirrt, das schon, aber insgesamt war sie heiter, munter und …«

»Wohin wurde sie gebracht?« unterbricht Adele ihn.

»In die Leichenhalle des Krankenhauses Fatebenefratelli auf der Tiberinsel. Wenn Sie wollen, begleite ich Sie dorthin.«

»Nein, bitte bemühen Sie sich nicht. Außerdem möchte ich sie gar nicht sehen …«

Ungläubige Blicke richten sich auf sie.

»Aber Sie sind Ihre nächste Angehörige. Früher oder später werden Sie im Krankenhaus vorsprechen müssen. Die Polizei wird sich mit Sicherheit an Sie wenden. Ich könnte mir auch vorstellen, dass Sie den persönlichen Besitz Ihrer Schwester abholen müssen«, gibt Elena zu bedenken. »Sie hatte eine Tasche dabei.«

»Ich wollte nicht sagen, dass ich sie überhaupt nicht wiedersehen will«, stellt Adele richtig. »Schließlich bin ich sogar hergekommen, um sie zu sehen, aber …« Ihre

Stimme bricht. Mit einem Mal sind ihre Augen gerötet. Sie holt ein blütenweißes Taschentuch aus ihrer Handtasche und schnäuzt sich wiederholt. »Als Sie mir mitgeteilt haben, dass sie hier ist, in Rom, in meiner alten Wohnung, und dass ich sie wiedersehen könnte, da hat mich das völlig aus der Bahn geworfen. Der Gedanke, sie nun tot zu sehen … Ich fürchte, das übersteigt meine Kräfte. Jedenfalls im Moment. Wo ich allein bin. Ich werde das zusammen mit meinem Sohn erledigen. Heute ist er nicht in der Stadt, aber morgen kommt er wieder, dann werde ich ihn bitten, mich zu begleiten.«

»Vor uns brauchen Sie sich wirklich nicht zu rechtfertigen«, beteuert Sergio. »Das wäre ja noch schöner.«

Adele nimmt einen weiteren Schluck Cognac. Ihr Blick verharrt in dem beinah leeren Glas, als suche sie darin etwas. Mut vielleicht.

»Sie können sich nicht ausmalen, was ich durchgemacht habe, als Sie mir am Telefon gesagt haben, meine Schwester sei hier. Es war … Es war … Es war, als hätte jemand direkt über meinem Kopf die Luke zum Dachboden aufgerissen, und die gesamte Vergangenheit wäre von oben auf mich heruntergepoltert.«

Nach wie vor starrt sie in ihr Glas. Nun aber, als würde sie darin einen Scherbenhaufen betrachten. An wen sie ihre Worte eigentlich richtet, ist nicht ganz klar. Vermutlich an sich selbst.

»Elsa ist irgendwann einfach fortgegangen. Vor sehr langer Zeit, seitdem sind viele Jahre ins Land gezogen. Inzwischen erinnere ich mich nur noch mit Mühe an ihr Gesicht. Im Übrigen muss es heute völlig anders aussehen … Und nun gibt es dieses Gesicht nicht mehr …« Nach einem langen Schweigen, bei dem alle die Luft anhalten, spricht sie weiter: »Ich wusste, dass sie in Istanbul lebt, mehr aber auch nicht. Für mich war es besser so. Nichts zu wissen, meine ich. Andernfalls wäre jetzt alles noch viel schlimmer. Sehr viel schlimmer. Es gab eine Zeit, da waren wir unzertrennlich, dann aber haben sich die Dinge geändert, und wir sind getrennte Wege gegangen.«

Sie verstummt. Ihre Augen wandern unruhig durch das Zimmer, bis sich ihr Blick wieder am Fenster festsaugt.

»Genau hier …«, haucht sie. »Hier ist meine Welt vor meinen Augen zusammengebrochen. Seitdem scheint mir die Luft zum Atmen zu fehlen.«

Sie ringt nach Worten, aber etwas – vielleicht das enge Korsett ihrer strengen Erziehung, geprägt von der Devise: Lass dich nie in Gegenwart Außenstehender gehen! – stellt sich ihr entgegen. Wer weiß, wie lange diese Flut starker Gefühle schon aus ihr herausbranden will. Mithilfe eines weiteren Schlucks Cognac drängt sie diese zurück. Die Unerschütterlichkeit der Frau, die Sergio und Giovanna während des Wohnungskaufs an ihr beobachtet haben, entpuppt sich als Maske.

Ein Piepen, das eine eingegangene SMS anzeigt, zerreißt die Spannung. Annamaria, Leonardo, Elena und Giulio blicken instinktiv auf ihre Handys. Es ist Elena, die eine Nachricht erhalten hat. Sie antwortet jedoch nicht darauf. Auch Adele Conforti wird in die Realität zurückgerufen und schaut auf die Uhr.

»Es hat keinen Sinn, noch länger hierzubleiben«, sagt sie und will sich bereits erheben. »Besser, ich gehe.«

»Sie sollten nichts überstürzen«, entgegnet Sergio. »Immerhin stehen Sie unter Schock, das darf man nicht auf die leichte Schulter nehmen. Bleiben Sie also ruhig noch ein bisschen«, lädt er sie ein.

»Auch meiner Ansicht nach sollten Sie mit dem Aufbruch noch etwas warten«, pflichtet Elena ihm bei. »Und das sage ich als Ärztin.«

»Letzten Endes ist das hier auch Ihre Wohnung«, ermuntert Giovanna sie.

»Und Sie sind unter Freunden«, fügt Giulio hinzu.

»Ihre Schwester haben wir ja leider kaum kennengelernt, aber sie machte auf uns den Eindruck einer ganz besonderen Frau. Offenbar hat sie viel durchgemacht. Und ihr war wirklich sehr daran gelegen, Sie zu treffen. All die Jahre des Schweigens zwischen Ihnen … Warum?«, fragt Annamaria.

Damit verstößt sie offen gegen die Etikette. Sie alle platzen ja vor Neugier und wollen unbedingt hinter die Geschichte dieser beiden Schwestern kommen, die unterschiedlicher nicht sein könnten und in deren Vergangenheit sich etwas zugetragen haben muss, das ihrer beider Leben für immer verändert hat. Doch allein Annamaria besitzt die Unverfrorenheit, Adele darauf anzusprechen. Ob ihr die Tatsache, ein Kind unter dem Herzen zu tragen, Mut verleiht? Der sie dann, gewürzt mit einer Prise

Unschuld, die Frage aussprechen lässt, die alle anderen nur in Gedanken formulieren? Nun allerdings, da Annamaria den Schleier der Zurückhaltung gelüftet hat, gibt es auch für die anderen kein Halten mehr.

»Warum also? Was ist in dieser Wohnung geschehen? Denn hier ist doch etwas passiert, oder?«, hakt Giovanna nach. »Diese Wohnung – die jetzt unsere Wohnung ist – hat doch entscheidend dazu beigetragen, dass Sie beide sich aus den Augen verloren haben. Oder täusche ich mich da?«

»Unsere Wohnung«, wiederholt Sergio halblaut.

Auch er hat nun den Verdacht, dass diese Wohnung Schauplatz von schrecklichen Geschehnissen gewesen ist, die sich vor vielen Jahren ereignet haben. Wenn das tatsächlich stimmt, haben sie beide das Recht, davon zu erfahren. Er fühlt sich in eine Geschichte hineingezogen, von der er keinen blassen Schimmer hat, und das passt ihm ganz und gar nicht. Nach allem, was geschehen ist, schuldet Signora Conforti ihnen zumindest eine Erklärung. Das ist das Mindeste, was sie tun kann.

»Nein, ich muss jetzt wirklich los. Außerdem ist das eine sehr persönliche Angelegenheit«, verkündet sie und erhebt sich abrupt.

Sie nimmt ihre Tasche an sich und wendet sich zur Tür, hält dann jedoch inne. Ihr Blick bleibt am Tisch hängen, auf dem die Briefe liegen, die Elsa ihr geschickt hat. Für den Bruchteil einer Sekunde zögert sie, dann dreht sie sich langsam zu den sechs jungen Leuten zurück.

»Einverstanden, ich werde Ihnen unsere Geschichte

erzählen«, streicht Adele die Segel und nimmt erneut Platz. »Aber vorher müssen Sie mir etwas versprechen.«

Alle sehen sie gespannt an – was ihr durchaus gefällt.

»Was ich Ihnen jetzt erzähle, muss innerhalb dieser vier Wände bleiben.«

Istanbul, 3. August 1973

Liebe Adele,

mir ist nicht einmal selbst klar, warum ich Dir
abermals schreibe. Vielleicht ja meinetwegen. Dein
Schweigen verletzt mich, trotzdem bringt es mich
nicht von meinem Tun ab. Ich weiß nicht, ob Du
meine Worte je lesen wirst, doch während ich sie
schreibe, ist es, als würdest Du sie hören. Woher dieser
Eindruck kommt, könnte ich Dir nicht erklären, aber
das ist auch gar nicht nötig, denn Du bist die einzige
Person, die mich wortlos versteht. In einem Moment
wie diesem sind wir beide wieder allein, nur Du und
ich, in unserem Geheimversteck im Schatten des
Lorbeerstrauchs. Ich spreche mit gesenkter Stimme,
erzähle Dir von einem Traum, den ich eigentlich nie
hatte, sondern nur erfinde, um Dich glücklich zu
machen. »Und dann?«, fragst Du mich mit großen
Augen. »Was ist dann passiert?«
Ein ganzes Leben ist das her …
Inzwischen gäbe es so viel, das ich Dir erzählen

könnte, da müsste ich mir gar nichts mehr ausdenken.
Und heute Nacht habe ich tatsächlich von Dir
geträumt. Wir waren auf der Mole, die sich vor
unserer Villa in Bebek ins tückische Wasser des Bosporus erstreckt. Wir trugen die gleichen Sachen wie bei
unserer allerletzten Begegnung, schlenderten barfuß
über die Aufschüttung und hielten uns bei den Händen. Plötzlich hast Du mich losgelassen, bist an den
Rand der Mole getreten und ins Wasser gesprungen.
Wie versteinert stand ich da. Ich hatte Dir sagen
wollen, dass das völliger Irrsinn ist, aber kein Wort
über die Lippen gebracht. Mein Mund stand noch
immer sperrangelweit offen, ohne dass ein einziger
Ton herausgekommen wäre. An dieser Stelle ist die
Strömung sehr stark, außerdem schränkt die Kleidung
ja Deine Bewegungen ein. Du hast so wild mit den
Armen gefuchtelt, als wolltest Du zum gegenüber-
liegenden Ufer schwimmen –, bis Du dann von einer
Sekunde auf die andere verschwunden warst. Erst
da habe ich meine Stimme wiedergefunden. Ich fing an
zu schreien. Dadurch bin ich sogar aufgewacht.
Die Uhr auf meinem Nachttisch zeigte halb acht in
der Früh an.
Das ist vor drei Stunden gewesen, doch die Panik, die
ich im Schlaf empfunden habe, steckt mir nach wie vor
in den Knochen. Sie ist tief in mir verwurzelt, sodass
es nicht leicht ist, sich davon frei zu machen. Der
Schmerz der Trennung zerfleischt mir das Herz,
sobald ich schutzlos im Bett liege, und verwandelt

meine Nächte in Albträume, denen ich nicht entkommen kann. Derselbe Schmerz gaukelt mir dann
beim Aufwachen vor, Du wärst wieder bei mir. Wo
bist Du? Das frage ich mich mit der Angst einer Frau,
die diesen Verlust niemals wird hinnehmen können.
Mein Blick wandert auf der Suche nach Dir durch das
Zimmer. Schon meine ich Dich zu entdecken. In der
Bürste neben dem Spiegel, in dem Teelöffel mit
Lippenstiftspuren, der noch auf dem Nachttisch liegt,
in dem aufgeschlagenen Buch mit Liebesgedichten oder
dem Parfüm, das wir beide am liebsten mögen.
Gerade habe ich mein Frühstück eingenommen, mit
starkem türkischem Tee, Brot, Feta, Oliven und
Honig. Nachher möchte ich ein paar Einkäufe in der
Stadt erledigen. So geht mein Leben weiter, und das
Tageslicht schluckt die Ängste und Gespinste der Nacht.
Heute Nachmittag holt mich Kemal ab, ein Freund
von mir. Mit einem flammend roten, amerikanischen
Cabrio, einem Chevrolet Corvette Stingray. Den
Namen weiß ich nur, weil er ständig damit angibt.
Das Auto ist sein Ein und Alles. Offen gestanden
genieße ich es aber auch, in diesem auffälligen Flitzer
durch die Gegend zu fahren. Manchmal kurven wir
ziellos durch die Gegend, wobei unsere Haare im Wind
flattern. Wir beide haben es uns nie eingestanden, aber
ich weiß, dass es Dir genauso gut wie mir gefällt, wenn
die Menschen in den Straßen uns bewundernde oder
auch neidvolle Blicke zuwerfen. Bei diesen Spazier-
fahrten trage ich eine überdimensionale Sonnenbrille

und einen breitkrempigen Hut, der mit einem leuchtenden Band unterm Kinn gehalten wird, und mime die Hollywood-Diva.

Du wirst Dich vermutlich fragen, was eigentlich aus meinem Mann geworden ist. Ganz einfach: Ender und ich haben uns vor etwa sechs Monaten scheiden lassen. Letzten Endes musste es so kommen. Ein Jahr lief es ganz gut zwischen uns, aber dann wurde er von Eifersucht gepackt. Ständig hat er mir Szenen gemacht. Wenn ich ehrlich bin, hatte ich wohl von Anfang an das Gefühl, dass unsere Ehe nicht ewig halten würde. Er war nicht der Richtige für mich. Manchmal denke ich sogar, es wird nie wieder ein Mann der Richtige für mich sein. Wahre Liebe findest Du nur einmal im Leben – und häufig ist es kein Glück, sondern ein Fluch. Du weißt, wovon ich spreche. Ein verführerischer Fluch.

Ender ist kein schlechter Ehemann gewesen, bestimmt nicht. Solange er fast die ganze Zeit über auf Reisen gewesen ist, habe ich ihn bestens ertragen, doch irgendwann war er immer öfter zu Hause und hat obendrein verlangt, dass seine Mutter samt seiner ledigen Schwester zu uns ziehen und ich ihm einen Sohn gebären solle.

Im Nachhinein ist mir völlig schleierhaft, wie er sich eigentlich den Ruf eines Abenteurers erworben hat, der das Leben genießt und tolerante Einstellungen vertritt. Im Alltag hat er sich nämlich als ein einigermaßen farbloser Gewohnheitsmensch entpuppt, der

an Traditionen hängt. Ich habe mich zu Tode gelang-
weilt. Nach rund zwei Jahren mit ihm – ein Jahr und
acht Monate, um genau zu sein – hatte ich die Nase
gestrichen voll. Dieses Leben hätte ich nicht einen Tag
länger ertragen. Ich habe meine Sachen gepackt und
bin gegangen. Darin bin ich ja inzwischen eine
Spezialistin.
Eigentlich ist es mir nur schwergefallen, die Villa in
Bebek aufzugeben, den Garten, den ich so geliebt habe,
die Terrasse mit Blick auf das glitzernde Wasser des
Bosporus. Doch Ender hat mir keine andere Wahl
gelassen. Die Klatschmäuler behaupten natürlich durch
die Bank, Ender hätte mich rausgeschmissen, aber das
ist erstunken und erlogen. Auf Knien hat er mich
angefleht zu bleiben. Nichts hätte ich lieber getan – nur
hätte er dann die Villa verlassen müssen. Das kam
leider nicht infrage. Sie läuft auf seinen Namen, jedes
einzelne Stück, das Mobiliar, die Autos und das Geld
gehören ihm. Ender ist wie eine dicke, haarige Spinne,
die in der Mitte eines feinmaschigen Netzes hockt und
ihren Schatz bewacht. Trotz meiner anfänglichen
Befürchtungen hat er sich am Ende aber sogar als
großzügig erwiesen. Jetzt bin ich eine freie Frau. Frei,
mit genügend Geld in der Tasche und dem brennenden
Wunsch, etwas Spaß im Leben zu haben.
Nun habe ich mir ein Zimmer im Büyük Londra
Hotel genommen, im Tepebaşi-Viertel, ganz in der
Nähe des Taksim-Platzes. Das ist zwar nur eine
vorübergehende Lösung, die jedoch perfekt zu meiner

115

gegenwärtigen Verfassung passt. Ich fühle mich wie
ein Matrose, der zu lange im selben Hafen geblieben
ist – und nun wieder in See sticht.

Heute wird mich Kemal mit in die Yalı seiner Familie
nehmen. Bei diesen Villen handelt es sich um alte
osmanische Holzbauten, die unmittelbar am Wasser
des Bosporus stehen und sich ihren Charme bis heute
bewahrt haben. Das Gleiche gilt übrigens für die
Hamams, also die türkischen Bäder, die byzantinische
Version unserer römischen Thermen. Es ist eine uralte
Tradition, die sich über Jahrhunderte gehalten hat,
auch wenn sie in letzter Zeit nicht mehr ganz so
gepflegt wird. Für Moslems ist Reinheit von grund-
legender Bedeutung, und bevor die Gläubigen beten,
waschen sie sich. Ich selbst gehe am liebsten in den
Hamam des jeweiligen Viertels, der in der Regel klein
ist und etwas versteckt liegt. Früher, als es in den
meisten Häusern weder fließend Wasser noch eine
Toilette gab, ging man deshalb häufig in ein Bad.
Damals hatte ein Hamam auch eine soziale Funktion:
Man traf sich dort und aß sogar gemeinsam. Heute
sind die Bäder leider häufig aufgegeben worden.
Einmal bin ich rein zufällig in eines geraten, das den
Betrieb noch nicht eingestellt hatte. Eigentlich hatte ich
mich nur kurz umschauen wollen, muss dabei aber den
Eingang für Herren erwischt haben. Ein alter Mann
hat mich sofort in strengem Ton aufgefordert zu
verschwinden. Deshalb habe ich nur einen Blick in das
Vestibül gleich hinter der Vorhalle erhascht. In der

Mitte des Raums stand ein Springbrunnen, in dem
Wasser sprudelte.

Das Yalı von Kemal stelle ich mir traumhaft vor. Es
liegt in Kanlıca, auf der asiatischen Seite des Bosporus.
Wir werden das Wochenende über dortbleiben,
vielleicht sogar etwas länger. Ich kann es gar nicht
erwarten, die Schwüle hinter mir zu lassen, die mir
seit Tagen zu schaffen macht. Am Bosporus ist es nie so
stickig wie in der Stadt, denn dort geht immer eine
sanfte Brise. Eine wahre Wonne!

Wie gesagt, heute Morgen bin ich in niedergeschlagener
Stimmung aufgestanden, doch Dir zu schreiben hat
meine Laune gehoben. Deshalb bin ich Dir dankbar,
dass Du mich im Traum besucht hast, auch wenn
Du – das muss ich anmerken – einen leicht beunruhi-
genden Auftritt hingelegt hast. Andererseits wäre der
Eindruck vermutlich nicht so intensiv gewesen, wenn
Du behutsamer vorgegangen wärst. Dann wäre ich
wieder mit dem bedrückenden Gedanken aufgewacht,
dass Du nicht an meiner Seite bist – und den wäre
ich nicht losgeworden. Dann wäre mein Tag viel
trauriger gewesen.

Vorhin habe ich fast gemeint, Deine Stimme im Gang
des Hotels zu hören. Mein Herz ist mir geradezu
in die Hose gerutscht, als ich die Tür geöffnet habe. Es
waren aber nur zwei Frauen auf dem Weg zum
Fahrstuhl. Es mag sich verrückt anhören, aber ich
bin nicht enttäuscht. Für mich war es trotzdem ein
Zeichen. Ein Zeichen Deiner Nähe.

Ich verspreche Dir, dass nicht wieder derart viel Zeit verstreichen wird, bevor ich Dir meinen nächsten Brief schreibe. Aber lass auch Du von Dir hören.

Deine Schwester

Als wir noch Kinder waren, pflegte meine Mutter die Marotte, uns stets gleich anzuziehen. Das war damals eine weitverbreitete Mode, der sie aber geradezu mit Feuereifer anhing. Die gleichen gerafften Blümchenkleider, Strickjacken und Trägerkleider mit Hahnentrittmuster, weiße Kniestrümpfe, Lackschühchen mit Riemen … Sogar den gleichen Haarschnitt hat sie uns verpassen lassen, schulterlang und mit Pony, auch wenn meine Haare sich leicht kräuselten, während Elsas glatt wie Seide fielen. Wir beide haben unter dieser fortgesetzten Auslöschung unserer Individualität gelitten. Es war, als würden wir eine Uniform tragen. Wir selbst mussten uns gar nicht in dieser Weise zum Verwechseln ähnlich sehen, um zu wissen, dass uns ein tiefes Gefühl verband.

Wie auch immer, jedenfalls hielten uns alle für Zwillinge. Wir hatten sogar die gleiche Größe. Ich war zwar zwei Jahre älter, aber Elsa hatte mich rasch eingeholt. Es gibt ein Foto von uns beiden, da stehen wir vor einem Rosenstrauch im Garten. Wir tragen natürlich die gleichen Sommerkleider, mit Volants und Puffärmeln, halten uns

an den Händen und schauen ernst und mit zusammen-
gepressten Lippen direkt in die Kamera. Unsere Mutter
mochte es nicht, wenn wir lachten. Jede Art von Freude
hielt sie für eine Sünde. Auf diesem Bild leuchten aber
unsere Augen, denn den Auslöser betätigte unser Vater.
Und ihn haben wir vergöttert.«

Adele Conforti verstummt und starrt auf das Muster
des Teppichs, offenbar in ihren Erinnerungen gefangen.
Sergio hat ihr im Wohnzimmer seinen Lieblingssessel
angeboten, der besonders bequem ist. Die anderen haben
sich um Adele herumgruppiert, auf dem Sofa oder auf
einem Stuhl, ja, sogar mit einem Kissen auf dem Boden.
Alle hängen an ihren Lippen, doch das scheint sie gar
nicht zu bemerken. Sie streicht sich abermals mit der
Hand über das Haar und betrachtet den Ring, der an
ihrem kleinen Finger steckt. Sie braucht einen gewissen
Anlauf. Tief in ihr sitzen unzählige Zweifel, die sie zutiefst verwirren. Soll sie ihr Geheimnis allen Ernstes
diesen Menschen anvertrauen? Unbekannten? Kann sie
überhaupt eine Wahrheit aussprechen, die sie seit fünfzig
Jahren sogar vor sich selbst verheimlicht?

Ein Handy klingelt. Das von Giulio.

»Ciao Mamma! … Nein, wir sind noch bei Sergio und
Giovanna … Einverstanden. Aber jetzt muss ich Schluss
machen, denn ich bin beschäftigt. Ich kann gerade nicht
sprechen … Nachher erkläre ich dir alles.« Giulio beendet das Gespräch. Er ist schrecklich verlegen. »Tut mir
leid, das war meine Mutter. Sie ist schon ein wenig verwirrt und ruft mich ständig an, aber jetzt habe ich das

Telefon lautlos gestellt. Es wird uns also niemand mehr stören«, versichert er sofort.

Er lächelt Adele besorgt an. Auch sie ist keine junge Frau mehr. Er wird sie doch nicht verletzt oder ihren Erinnerungsfluss zum Versiegen gebracht haben? Doch die Frau erwidert sein Lächeln. In Giulios Blick liest sie die Bitte fortzufahren. Dort entdeckt sie eine Freundlichkeit, die nicht verurteilt, sondern zuhört.

»Wir haben auf dem Land gelebt, bei Viterbo. Unser Vater war Ausbilder an der dortigen Unteroffiziersschule. Gegen seine Schützlinge griff er mit harter Hand durch, aber zu Hause hätte er liebevoller nicht sein können. Auch er wurde von dem herrischen Wesen unserer Mutter erdrückt. Vielleicht erklärt das auch, warum er so häufig außer Haus war und uns vollständig dieser argwöhnischen und neurotischen Frau auslieferte, mit der ihn außer uns schon lange nichts mehr verband.

Unsere Mutter war eine hochgewachsene, knochige Frau mit eingefallenen Wangen und gerader Nase. Vor allem aber war sie streng bis an die Grenze zur Grausamkeit. Sie brachte es fertig, auf ausnahmslos jeden einen unheilvollen Einfluss auszuüben. Sogar auf sich selbst, denn sie litt regelmäßig unter grauenvollen Migräneattacken. So ein Anfall konnte jederzeit eintreten. Dann schloss sie sich in ihrem Zimmer ein – unsere Eltern hatten getrennte Schlafzimmer – und lag im Dunkeln auf dem Bett. Schon unter normalen Bedingungen reagierte sie überempfindlich auf Geräusche, doch während eines Anfalls – und der konnte Tage dauern – ertrug sie nicht einmal das Surren einer Fliege. Wenn jemand lachte, eine Treppenstufe zum Knarren brachte oder ein Schubfach schloss – sanft und bestimmt nicht zuknallte –, trieb sie das in den Wahnsinn. In solchen Situationen hielten Elsa und ich uns möglichst von ihr fern, liefen nur noch barfuß umher, verständigten uns mit Zeichensprache oder flüsterten uns ganz leise etwas ins Ohr. Wir lebten in der ständigen Angst, sie könnte uns hören. Heute wüsste ich nicht einmal mehr zu sagen, ob diese Kopfschmerzen real waren oder auf ihr düsteres Naturell zurückgingen. Meine Mutter hatte jede Freude aus ihrem und damit auch aus unserem Leben verbannt.

Elsa und ich haben rasch begriffen, dass unsere einzige Überlebensmöglichkeit darin bestand, uns gegenseitig Trost zu spenden. Die Liebe, die uns unsere Eltern versagten, haben wir daher in Spielen gesucht, die wir uns selbst ausgedacht haben, oder indem wir uns Geschichten erzählten. Wir hatten ein Geheimversteck, im Garten, hinter einem großen Lorbeerstrauch. In der schönen Jahreszeit haben wir uns immer dorthin geflüchtet. Stunden konnten wir da zubringen. Auf die Idee, uns zu suchen, kam niemand. Unsere Mutter war ja sogar froh, wenn wir nicht um sie herumschwirrten. Es interessierte sie überhaupt nicht, wo wir waren, solange wir ihr nicht mit unserem ungehörigen Geplapper auf die Nerven fielen.

Eines Tages hatten wir uns wie üblich hinter den Lorbeerstrauch am Rand des Gartens zurückgezogen und häuften Sand auf einen Teller, um damit unsere Puppen zu füttern, als Elsa abrupt innehielt. Eine ihrer genialen Ideen musste ihr in den Sinn gekommen sein.

›Lass uns einen Pakt schließen!‹, schlug sie vor.

›Was für einen Pakt?‹, fragte ich zerstreut, denn ich wollte gerade unbedingt einen gelben Schmetterling fangen, der hinter einem Blatt herumflatterte.

›Dass wir uns niemals im Leben trennen. Und dass wir uns immer lieb haben. Für alle Ewigkeiten‹, antwortete sie sehr ernst, mit hauchzarter Stimme.«

»Und dann haben Sie sich seit über fünfzig Jahren nicht gesehen …«, murmelt Annamaria. »Wie konnte das geschehen?«

Alle drehen sich ihr zu und starren sie an.

»Eine mehr als zutreffende Beobachtung, meine Liebe«, bemerkt Adele. »Sie sind allerdings noch jung und wissen deshalb nicht, dass das Leben mitunter Gefallen daran findet, unsere größten Versprechen zu hintertreiben. Aber glauben Sie mir, meine Schwester und ich waren an jenem Nachmittag fest davon überzeugt, dass uns niemals etwas trennen könnte. Darauf haben wir uns sogar zweimal überkreuz die Hand gegeben. Das war unser kleines Ritual, das wir uns dort, hinter dem Lorbeerstrauch, ausgedacht hatten. Wir kamen uns wie zwei kleine Kriegerinnen auf geheimer Mission vor. Mit unseren zehn und zwölf Jahren war das ganze Leben für uns bloß ein Spiel. Im Übrigen hat unser Pakt lange Zeit gehalten und uns beide stark werden lassen. Dann allerdings wurde er auf eine Probe gestellt.

Die Jahre vergingen, aus den kleinen Mädchen wurden Teenager und schließlich junge Frauen. Die Verbindung zwischen uns war enger denn je. Die Migräneattacken unserer Mutter nahmen ebenso zu wie ihre düstere Stimmung, während mein Vater sich kaum noch zu Hause blicken ließ. Wir aber waren füreinander da. Inzwischen hielt uns niemand mehr für Zwillinge, obendrein entfalteten sich unsere Persönlichkeiten nun zu voller Blüte. Je mehr Elsa zur Schwärmerin heranreifte, mit tausend Ideen und Projekten im Kopf, dabei aber schüchtern und anderen gegenüber unsicher blieb, desto stärker kam es mir mit meinem pragmatischen und extrovertierten Naturell darauf an, mir die Rosinen aus dem Kuchen zu picken.

Mit zwanzig habe ich entdeckt, was damals das Schicksal einer Frau verändern und ihr zu ihrem Glück verhelfen konnte. Oder zu ihrem Unglück. Von einem Tag auf den anderen bin ich damals zu einer Schönheit geworden. Die Männer sahen mir hinterher. Begehrten mich. Ich hatte eine seltsame, aufregende Macht über sie. Elsa war beileibe nicht hässlich, im Gegenteil, doch im Unterschied zu mir wusste sie von ihrer Schönheit noch nichts. Im Nachhinein denke ich, dass ebendieser Unterschied zum ersten Riss in jener Burgmauer führte, die wir um uns herum aufgebaut hatten.

Unsere Mutter führte ihrem alten Hang zum Leiden getreu ein zurückgezogenes Leben. Mein Vater dagegen, der mittlerweile in seiner Unteroffiziersschule Karriere gemacht hatte, wurde häufig zu großen Veranstaltungen und Feiern eingeladen. Sobald wir herangewachsen waren, fiel Elsa und mir die Rolle zu, ihn bei solchen Anlässen zu begleiten. Endlich konnten wir die düstere Atmosphäre unseres Elternhauses hinter uns lassen und unbeschwert harmlosen Klatsch, Erfrischungsgetränke, Gebäck, Musik und Tanz genießen, Letzteren natürlich auf Sicherheitsabstand und unter der strengen Aufsicht von Erwachsenen. Wir hatten das Haus kaum verlassen, da schien auch unser Vater wie ausgewechselt. Anfangs wollte unsere Mutter uns diese Ausbrüche noch verbieten, weil sie jede Art von Freude für Sünde hielt. Aber da wir sie gewissermaßen von der Pflicht entbanden, unseren Vater zu begleiten, hat sie letzten Endes klein beigegeben. Selbstverständlich brauchten wir etwas Neues zum Anziehen, wenn wir uns bei diesen gesellschaftlichen Ereignissen nicht blamieren wollten. Mithilfe einer geschickten Schneiderin nähten Elsa und ich deshalb Kleider aus Modezeitschriften nach.

Nun sahen wir zwar völlig verschieden aus, waren aber nach wie vor unzertrennlich. Wollte eine von uns ausgehen oder auch bloß ein Eis auf der Piazza essen, verließen wir beide das Haus. Die Menschen waren so daran gewöhnt, uns im Gespann zu sehen, dass sie uns als Einheit betrachteten. Man nannte uns die *schönen Schwestern*. Wir hatten keine Freundinnen, denn mehr als uns brauchten wir nicht. Allerdings konnten wir uns vor Verehrern kaum retten. Ich hatte schon ein paar Heiratsanträge erhalten, einen von einem Witwer, der für meinen Geschmack etwas zu alt war, einen anderen von einem Schützling meines Vaters, den wiederum er für unter meiner Würde erachtete. Ein junger Kollege unseres Vaters hat auch Elsa gebeten, seine Frau zu werden, ein wortkarger Mann, dessen Gesicht von schlimmen Aknenarben verunstaltet war. Sein Heiratsantrag jagte Elsa einen Riesenschrecken ein, doch als wir hörten, dass nicht einmal unser Vater ihn ernsthaft in Erwägung zog, haben wir schallend über den Mann gelacht, das muss ich zu unserer Schande eingestehen. Die Zeit verging, und wir wurden mit jedem Tag schöner und begehrenswerter. Wir hatten den Eindruck, die ganze Welt liege uns zu Füßen.

Irgendwann wurde unser Vater zum Kommandeur befördert, womit seine Aufgaben noch wuchsen. Er musste häufig nach Rom fahren und nahm daher nicht mehr so regelmäßig am gesellschaftlichen Leben bei uns in der Provinz teil. Wir dagegen lebten weiter wie bisher. Unsere Tante Giustina, eine unverheiratete Cousine unseres Vaters, übernahm nun die Aufgabe, uns zu begleiten. Sie war kurz zuvor zu uns gezogen, eine kleine Frau und rund wie eine Matrjoschka, denn sie war eine unglaubliche Naschkatze und einzig daran interessiert, Süßigkeiten in sich hineinzustopfen. Als Anstandswauwau war sie ideal: zerstreut, naiv und durch und durch harmlos.

Eines späten Nachmittags Ende August besuchten wir, eskortiert von Tante Giustina, ein Fest, das eine der angesehensten Familien von Viterbo in ihrer Villa ausrichtete. Der Herr des Hauses war ein prominenter Notar und der Vater einer unserer ehemaligen Schulkameradinnen. Die jüngste Tochter wurde damals achtzehn, und ihre Eltern hatten beschlossen, diesen Geburtstag ganz groß zu feiern. Selbst Elsa, die bei derart pompösen Partys normalerweise eher die Nase rümpfte, war ganz aufgeregt. Da gerade eine hässliche Bronchitis hinter mir lag, die mich drei Wochen lang ans Haus gefesselt und mich um zwei reizvolle Einladungen gebracht hatte – Elsa war ausnahmsweise allein ausgegangen, nur in Begleitung unserer Tante –, vollführte ich allein bei dem Gedanken, endlich raus aus dieser erzwungenen Isolation zu kommen, wahre Freudensprünge.

Der Empfang fand im Garten der Villa statt, in einem extra aufgebauten Pavillon aus schlohweißem Zelttuch, der mit bunten Blumenarrangements geschmückt war. Ein kleines Orchester empfing die Gäste mit Walzertönen. In den unteren Ästen der Bäume hingen gelbe Laternen. Alles war ungeheuer stimmungsvoll.«

Adele verstummt, überwältigt von den angenehmen Erinnerungen. Ihr Blick ist träumerisch. In ihren grauen, vom Alter kaum getrübten Augen scheint eine Flamme im Wind zu tanzen. Eine kleine Flamme in einer gelben Laterne …

»Wie wunderbar! Fast meine ich, selbst dort gewesen zu sein, bei diesem Fest!«, ruft Annamaria aus, die gerade ihre Lage auf dem Sofa wechselt. Ihr Gesicht spiegelt Schmerz wider. Das Kind in ihr muss sie getreten haben.

»Soll ich dich massieren?«, bietet Giulio an, der neben ihr sitzt.

»Nicht nötig, das geht gleich vorbei. Ich muss nur eine bessere Position auf dem Kissen finden.«

Annamarias Blick schnellt kurz zu Leonardo, der sich

auf der anderen Seite des Sofas flegelt und augenschein-
lich seinen eigenen Gedanken nachhängt. Giovanna entgeht nicht, dass ihre Freundin errötet, denn offenbar ist
ihr die Situation peinlich. Oder liegt es doch nur an einer
dieser typischen Hormonschwankungen während der
Schwangerschaft?

»Wann war das eigentlich?«, fragt Giovanna und beendet damit ihre eigenen Grübeleien darüber, was sie
eben gesehen hat oder meint gesehen zu haben.

»Es war Sommer 1967, meine Liebe«, antwortet Adele.
»Der 29. August 1967. Ein Datum, das sich mir für alle
Zeiten ins Herz gebrannt hat. Trotz allem.«

Mit einem Mal verfinstert sich Adeles Miene. Die
Flammen in ihren Augen sind erloschen. Obwohl allen
die Frage auf der Zunge liegt, was an jenem Tag Schreck-
liches geschehen sei, bringt niemand ein Wort über die
Lippen. Sie wird es ihnen schon erzählen …

»Ich war damals fünfundzwanzig, Elsa dreiundzwan-
zig. Wir waren wunderbar jung und voller Erwartungen.
Auf diese Party hatten wir uns tagelang vorbereitet. Es
war *das* Ereignis der Saison. Eleganter als wir konnte
man gar nicht aussehen. Ich trug ein altrosa Chiffonkleid,
Elsas war weiß, bestickt mit blauen Blümchen. Bei unserer Ankunft drehten sich alle nach uns um, Männer wie
Frauen. In allen Blicken lasen wir Bewunderung. Wir
hatten das Grundstück kaum betreten, als ein großer
Mann mit braunem Haar, magnetischem Blick und einer
schmalen Furche in der ansonsten glatten Stirn uns ent-
gegenkam.«

Adele hält kurz inne, um Leonardo anzusehen.

»Sie erinnern mich an ihn. Was haben Sie gesagt, wie Sie heißen?«

»Leonardo.«

»Also, Leonardo, da ist etwas in Ihren Augen und in der Form Ihres Kinns, das mich an jenen Gast denken lässt. Im Übrigen war er genau der Typ Mann, der stets im Mittelpunkt steht. Er fiel in der Menge von Gästen auf, als würde er ein besonderes Licht ausstrahlen. Elsa hatte ihn schon vor einer Woche bei einem Fest kennengelernt, auf das ich wegen meiner Krankheit hatte verzichten müssen. Nun stellte er sich auch mir vor. Vittorio De Pasquale, ein Anwalt. Er hatte tiefschwarze Augen, in denen ein geheimnisvolles Licht glomm. Die Nase zeigte einen ganz leichten Höcker, dazu sinnliche Lippen und schneeweiße Zähne. Unter dem Sakko trug er ein eng anliegendes Hemd, das einen schlanken, muskulösen Körper erahnen ließ. Er war der attraktivste Mann, der mir je begegnet ist.

Vittorio lebte in Rom, aber seine Tante besaß eine Villa hier auf dem Land, außerdem war er ein Freund unserer Gastgeber.

›Ihre Schwester hat mir schon viel von Ihnen erzählt. Und wenn Sie wüssten, was …‹, sagte er und zwinkerte mir zu, während er mir ein umwerfend freches Verführerlächeln schenkte.

Als er in meinem Blick jedoch eine gewisse Bestürzung wahrnahm, hat er hinzugefügt: ›Keine Sorge, sie hat in den höchsten Tönen von Ihnen geschwärmt.‹

Diesen Moment werde ich niemals vergessen. Ich hatte den Eindruck, als würde er mich mit seinen Augen röntgen. Ich lief tatsächlich rot an. Als stünde ich nackt vor ihm …

Seine Hand war groß und stark. Während er meine in der seinen hielt, durchrieselte mich ein nie gekannter Schauer. Damals wusste ich noch nichts von der Liebe. Weder, wie süß sie sein kann, noch, wie gnadenlos.

Vittorio holte uns etwas zu trinken. Danach sind wir den ganzen Abend nicht mehr voneinander gewichen. Für uns gab es nur noch uns beide, niemanden sonst. Elsa mit ihrem Drink in der Hand, die unbeholfen versuchte, an unserem Gespräch teilzuhaben, die anderen Gäste, die Musik, die Laternen, die Blumen – all das existierte nicht mehr. Er und ich waren die einzigen Menschen auf diesem Planeten.

Irgendwann gesellte sich der Hausherr zu uns und begann mit Vittorio ein Gespräch über eine juristische Frage. Dieser verübelte ihm die Störung gewaltig, was er auch kaum zu verbergen vermochte. Auch er wäre ohne Frage lieber mit mir allein gewesen. Während er versuchte, sich diplomatisch von unserem Gastgeber loszueisen, himmelte ich ihn verzückt an. Mit jeder Faser meines Körpers begehrte ich ihn. Als er mich dann endlich an sich zog, um mit mir zu tanzen, berauschte mich der Duft, der von ihm ausging, völlig. Mir stockte der Atem, und ich sank in seine Arme. An den Rest des Abends erinnere ich mich nur noch wie an einen Traum. Ich plauderte, lauschte ihm und lachte wie eine alberne Gans bei jeder seiner Bemerkungen. Ich gestand ihm Geheimnisse, die ich aus dem Stegreif für ihn erfand, um mich interessanter zu machen. Mein Herz gehörte mir nicht mehr, sondern war längst zu einem Fremdkörper geworden, der nur für Vittorio schlug. In meinem Brustbein verspürte ich ein Stechen. Jedes Mal, wenn ich in seine hypnotischen Schlangenaugen blickte, meinte ich, er würde mich gleich bei lebendigem Leibe verschlingen ...«

Abermals verstummt sie, und ihre Worte bleiben in der Luft hängen. Ihr Gesicht ist wie verwandelt. Für den Bruchteil einer Sekunde scheinen die Falten verschwunden, und das Gesicht der jungen, verliebten Adele tritt hervor. Das zumindest ist der Eindruck, den die sechs Freunde haben, während sie ihre Besucherin wie hypnotisiert anschauen. In ihren Blicken liegt die gleiche Aufmerksamkeit, mit der man eine im Dunkeln tanzende Flamme betrachtet, die zu erlöschen droht, dann aber mit einem Flackern erneut hochzüngelt.

Istanbul, 15./16. September 1973

Liebe Adele,

*seit ein paar Tagen hat mich das Stadtleben zurück,
und wie ich es Dir versprochen habe, sitze ich schon mit
der Feder in der Hand da, um Dir die jüngsten
Neuigkeiten zu berichten. Aus dem verlängerten
Wochenende in Kemals Yalı in Kanlıca ist ein guter
Monat geworden! Jeden Abend, bevor wir zu Bett
gegangen sind und uns vom Knarren des Holzfuß-
bodens sowie dem Schwappen des Wassers gegen den
Steg haben in den Schlaf wiegen lassen, haben wir
einander in Erinnerung gerufen, dass es nun wirklich
an der Zeit wäre, in unser jeweiliges Zuhause zurückzukehren. Nicht, dass uns unsere Freunde am Ende
noch als vermisst melden würden. Bisher weiß zwar
niemand, dass wir etwas miteinander haben, aber es
dürfte ein Leichtes sein, Kemals Verschwinden mit
meinem in Verbindung zu bringen. Das aber brächte
uns nicht nur in die Bredouille, es wäre ein echter
Skandal. Kemal ist offiziell mit Sevgi verlobt, die in*

Paris Kunst studiert und den Sommer über in Frankreich geblieben ist, um sich auf ihre Abschlussprüfungen vorzubereiten. Der Hochzeitstermin steht noch nicht fest, aber sie wollen wohl im nächsten Frühling heiraten.

Am Morgen verflüchtigen sich aber all unsere Bedenken in schöner Regelmäßigkeit wie von selbst. Die salzige Luft riecht nach einigen späten Blumen, eine Brise kräuselt das Wasser, Möwen ziehen gewaltige Kreise durch die Luft, und die bereits hoch am Himmel stehende Sonne verspricht einen weiteren herrlichen Tag. Kurz gesagt, eine nachdrückliche Einladung zu bleiben.

Aber die schönen Dinge währen niemals ewig, weshalb ich wieder hier bin, als Dauergast im Büyük Londra Hotel.

Selbst wenn sie es wohl nie erfahren wird, sollte Sevgi mir von Herzen dankbar sein. In diesem Monat hat Kemal seine unverzeihlichen Wissenslücken hervorragend gestopft, sodass er es jetzt bestens versteht, eine Frau zu befriedigen. O ja, nach diesem Urlaub wird er sie bestimmt glücklich machen. Die Liebe kann sich auch als edles Gefühl zeigen, doch wenn du Leidenschaft kennenlernen willst, musst Du Dich schmutzig machen. Dann musst Du Dich im Schlamm wälzen, Dir den Geschmack der Sünde auf der Zunge zergehen lassen und Verbotenes wagen. Selbst Betrug gehört dazu.

Als wir in Kemals spektakulärer Corvette ins Zentrum

von Istanbul zurückgefahren sind, hat er mir die ganze
Zeit über versichert, dass er mich liebt. Er wollte sich
sogar von Sevgi trennen, sich auf der Stelle mit mir
verloben und aus Liebe zu mir seine Familie vor den
Kopf stoßen, die äußerst traditionsbewusst ist. Und
während er normalerweise den waghalsigen Fahrstil
eines Rallyefahrers an den Tag legt, hat er die Strecke
diesmal im Schneckentempo zurückgelegt. Je näher wir
dem Taksim-Platz kamen und damit dem Büyük
Londra Hotel, wo er mich absetzen musste, desto
langsamer rollten das Auto und auch die Zeit selbst
dahin, als würde eine Gegenkraft unsere Trennung
verhindern wollen und Kemal die Möglichkeit geben,
vor dem Abschied weiter in mich zu dringen, bis ich
es mir am Ende noch anders überlegte. Aber das hat
nicht geklappt.
Er ist ein feiner Kerl, aber warum sollte ich mir wieder
eine Beziehung, eine Verlobung oder eine Ehe auf-
halsen? Ich habe meine Freiheit erst seit Kurzem
zurück und sie obendrein teuer erkauft. Auf sie
verzichte ich nicht. Jedenfalls nicht so schnell. Wenn
Kemal heiratet, kann ich ja seine Geliebte werden,
das habe ich ihm zum Trost angeboten. Gefreut hat er
sich darüber aber nicht. Vielleicht weiß er ja, dass ich
ihm nicht treu sein würde. Das will ich nämlich
niemandem mehr versprechen. Da er mich aber nicht
von sich aus darauf angesprochen hat, habe ich erst
recht nicht davon angefangen.
Während ich Dir schreibe, werde ich mir bewusst, dass

*Du der einzige Mensch auf der Welt bist, dem ich solche
Dinge anvertraue. Mit Dario kann ich nicht so offen
und ehrlich reden. Und Freundinnen? Ehrlich gesagt
habe ich keine. Ich hatte noch nie welche, nicht einmal
als Kind. Wozu auch, ich hatte ja Dich. Erinnerst Du
Dich noch, dass wir absolut unzertrennlich waren,
bevor das alles losgegangen ist? Auf der ganzen Welt
schien es nur uns beide zu geben, aber nichts, was uns
je trennen könnte.*

*Heute Abend gehe ich zur Vernissage einer Ausstellung
von einem befreundeten Maler. Er ist ein wunderbarer Künstler, ein wahrer Farbpoet. Ich würde gern
ein Bild von ihm kaufen. Wenn die Preise nicht zu
hoch sind, denke ich vielleicht einmal darüber nach.
Die Galerie liegt im Viertel Nişantaşı, nicht weit von
meinem Hotel. Dort bin ich mit Dario verabredet.
Wir wollen uns die Ausstellung anschauen und
hinterher essen gehen. Es ist das erste Mal nach dem
Sommer, dass ich ihn sehe. Am Telefon hat er mir eine
sensationelle Neuigkeit angekündigt, jetzt sterbe ich
natürlich vor Neugier.*

Vorerst mache ich Schluss. Morgen schreibe ich weiter.

*Es ist fast ein Uhr morgens, aber ich kann einfach nicht
schlafen. Dafür bin ich viel zu aufgeregt. Als ich
wieder auf meinem Zimmer war, habe ich mich zwar
ausgezogen und bin in mein Nachthemd geschlüpft,
dann aber habe ich ein Glas kaltes Wasser getrunken
und mich gefragt, ob ich nicht allmählich nach Rom
zurückzukehren sollte. Deshalb ist es nur zu natürlich,*

*dass ich meinen angefangenen Brief an Dich fortsetze.
Wer wäre besser geeignet als Du, sich meine Qualen
anzuhören? In all den Jahren habe ich nicht eine
Sekunde lang Heimweh verspürt. Wirklich keine
einzige. Bis heute Abend. Bis Dario mir strahlend, wie
ich ihn noch nie erlebt habe, eröffnet hat, dass er Ende
des Monats seine Zelte abbricht und nach Rom
zurückkehrt. Im Januar tritt er dann eine Stelle als
Vizekonsul in New York an. Für ihn bedeutet das
einen gewaltigen Karrieresprung … Das also ist die
sensationelle Neuigkeit. Nur eine hoffnungslose
Romantikerin wie ich hatte annehmen können, es
wäre Liebe im Spiel!
Inzwischen ist auch mein Heimweh wieder abge-
klungen. Vielleicht habe ich es mir sowieso nur eingebildet. Eigentlich zieht mich nämlich überhaupt nichts
nach Italien zurück. Es ist reine Verbitterung, die ich
empfinde. Diese Art von Verbitterung, die Dich dazu
bringt, all die schönen Dinge, für die Du gekämpft
hast, in den Wind zu schreiben, weil Du meinst, Du
würdest sie am Ende ohnehin verlieren. Man nennt
das auch Selbstverstümmelung.
Und verwundet bin ich, das steht außer Frage. Ich
fühle mich verraten und verkauft. Du weißt genau,
wie sich das anfühlt. Es ist so schwer, einen Menschen
in sein Herz zu schließen. Und gerade wenn es Dir
gelungen ist, macht sich dieser Mensch davon.
Dario sieht in diesem Umzug eine Gelegenheit, die ihn
offenbar sehr glücklich macht. Das verstehe ich ja.*

Außerdem gehört es zu seiner Arbeit dazu, ständig durch die Welt zu gondeln. Trotzdem hätte er es einer Freundin, die in wenigen Tagen aus seinem Leben verschwindet, mit etwas mehr Taktgefühl beibringen können. Natürlich hat er mir noch im gleichen Atemzug versprochen, mir regelmäßig zu schreiben, außerdem will er mich einladen, wenn er sich erst einmal in New York eingerichtet hat. Dann würden wir gemeinsam Urlaub machen und auf Shoppingtour durch die großen Läden in Manhattan gehen. Mindestens einmal im Jahr möchte er mich auch in Istanbul besuchen. Angetrieben von seinem Schuldbewusstsein hat er sich in immer fantastischere Versprechungen verstrickt, die selbstverständlich keiner von uns beiden für bare Münze nimmt. Es ist schließlich höchst unwahrscheinlich, dass ein aufsteigender Diplomat wie er, der noch wer weiß, wie oft die Stadt, das Haus und die Adresse wechseln muss, die Zeit findet, alte Freundschaften zu pflegen … So wie uns das Schicksal zunächst zusammengeführt hat, wird es uns nun trennen, und wir können nichts dagegen tun. Ich, die ich bestimmt nicht rührselig bin, habe Rotz und Wasser geheult, und auch Dario, das muss ich ihm lassen, hatte rote Augen. In dem Restaurant, in das wir gegangen sind, beäugte man uns von den Nebentischen schon voller Mitleid. Es war, als würden wir wieder einmal ein zerstrittenes Liebespaar spielen – nur dass unsere Tränen in diesem Fall echt waren. Um mich aufzumuntern, hat Dario mir versprochen, er würde mich sofort nach meiner Ankunft ins Waldorf Astoria *zum Essen ausführen und anschließend im* Plaza *einen Drink mit mir nehmen. Ich würde seine Audrey Hepburn sein, frech und naiv zugleich: im kleinen Schwarzen, mit Brillantohrringen und hoch aufgetürmtem Haar.*

Auch ihm fällt der Abschied von mir nicht leicht, das weiß ich. Auch er ist trotz seines Glücks traurig. Aber wenn ich mich nicht über Dario ärgere, auf wen soll ich dann sonst wütend sein?

Verzeih mir, wenn ich Dich mit meinem Trübsinn gelangweilt habe. Manchmal vergesse ich, dass Du vermutlich keine Lust hast, überhaupt zu erfahren, was ich treibe, was ich empfinde und wie ich lebe. Entschuldige! Abermals hat Verbitterung die Oberhand gewonnen. Ich weiß, dass auch Du an mich denkst, selbst wenn Du das nicht zugeben willst. Vielleicht bitte ich Dario, Dich einmal zu besuchen, wenn er in Rom ist. (Diese Worte bereue ich, noch während ich sie niederschreibe, trotzdem werde ich sie jetzt nicht durchstreichen. Die Geschichte geht nur uns beide etwas an, Dritte haben darin nichts zu suchen.) In der unverbrüchlichen Hoffnung, eine Nachricht von Dir zu erhalten,

Deine Schwester

»Weißt du, wo ich die Mandelkekse hingestellt habe?«
Aber nein, Sergio weiß es nicht. Mehr noch, er hat
nicht einmal gewusst, dass sie überhaupt welche im Haus
haben.

»Hast du schon in der Blechdose nachgesehen?«, fragt
er. »Da tust du sie doch normalerweise rein.«

Obwohl er ihr den Rücken zugedreht hat und sie gar
nicht sieht, unterdrückt Giovanna den Wunsch, ihm eine
Grimasse zu schneiden. Warum ist ihr Mann in letzter
Zeit derart unkonzentriert? Diese Dose hat sie schon vor
Monaten weggeschmissen, weil sie zu rosten begann. Das
hatte sie ihm auch gesagt, da ist sie sich ganz sicher. Es
war nämlich nicht irgendeine Dose gewesen. Sie haben
sie auf einem Flohmarkt in Prag gekauft. Damals sind
sie frisch verliebt gewesen, und es war die romantischste
Reise, die sie je gemacht haben. Die Dose war ein schönes
Vintagestück, rot, mit himmelblauen und goldenen Farb-
tupfern. Giovanna hatte sich nur schwer von ihr trennen
können, aber anders ging es nicht, denn sie ist allergisch
gegen unnützen Kram. Wenn etwas nicht mehr gebraucht

wird oder nicht mehr funktioniert, landet es im Müll. An ihr hätte Marie Kondo mit ihrem *Magic Cleaning* und ihrem »Glück vom Aufräumen« bestimmt keine Freude, das reibt ihr sogar ihre Mutter immer wieder unter die Nase.

Was also ist mit Sergio los? Es gab eine Zeit, da wusste er über jede Einzelheit ihres gemeinsam Alltags Bescheid. Mit einem Mal aber kommt er Giovanna in ihrer eigenen Küche wie ein Fremder vor. Ein Mann, der mit seinen Gedanken ganz woanders ist und ihr über die offene Kühlschranktür hinweg zulächelt. Die Gewissheit, dass er sie betrügt, trifft sie völlig unvorbereitet und konfrontiert sie mit einer Wirklichkeit, vor der es kein Entkommen gibt. Sergio hat eine andere, das spürt sie. Und das schmerzt wie ein Dolchstoß. Wie hatte das geschehen können? Sie hält den Atem an. Kann er ihr das antun? Kann er ihr einen derartigen Schmerz zufügen? Ihr Sergio, der gerade die Flasche mit dem Orangensaft auf den Tisch stellt und die Hand nach ihrem Gesicht ausstreckt?

»Warte mal, dein Ohrring hat sich verhakt«, sagt er zu ihr.

Dann gibt er ihr einen Kuss auf die Wange.

Wie dumm ich doch bin, schilt sich Giovanna selbst. Wie dumm! Dabei ist sie doch eigentlich eine praktisch veranlagte Frau, die mit beiden Beinen im Leben steht und keine Eifersucht kennt. Warum hat sie sich von diesen hässlichen Gedanken überrollen lassen? Das sieht ihr doch überhaupt nicht ähnlich. Wie kann sie annehmen, ihr Mann habe eine andere, nur weil er sich nicht daran erinnert, dass sie eine alte Keksdose weggeschmissen hat? Das ist doch albern. Sie schmiegt sich fest in seine Arme. Wie gut er riecht! Sergio ist die Liebe ihres Lebens, das Lächeln, das sie jeden Morgen aus dem Bett holt, der Kuss, der jeden negativen Gedanken auslöscht, die Liebkosung, die sie in heiklen Situationen braucht, immer dann, wenn sie mit ihrem Perfektionismus scheitert und ihr die Kontrolle der Lage zu entgleiten droht. Sergio ist der Pfeiler, der sie stützt, ihr Fels in der Brandung.

Als sie sich voneinander lösen, fühlt sich Giovanna, als wäre sie nach langer Krankheit wieder genesen. Aber die Wunde ist noch nicht vernarbt. Noch juckt sie. Deshalb wird sie diese unter einem dicken Verband begraben. Sie wird sie einfach ignorieren.

Als sie die Servietten aus der Speisekammer holt, findet sie auch die Kekse, die ganz hinten im Regal gelandet sind, versteckt hinter der Dose mit Reis. Sie arrangiert sie in einer kleinen, handbemalten Holzschale. Hoffentlich schmecken sie Signora Conforti, denkt sie, denn sie macht sich Sorgen um ihre Besucherin. Sergio hat ihr einen weiteren Cognac eingeschenkt, und Adele hat praktisch noch nichts gegessen. Ein Stück Schokolade reicht nicht aus, um die Wirkung des Alkohols abzuschwächen. Deshalb ist Giovanna ja auf die Idee gekommen, ihr die Kekse anzubieten. Die arme Frau! Ein Blick genügt, um zu erkennen, wie sehr diese Erinnerungen sie mitnehmen. Nicht ohne Grund hat sie um eine kurze Pause gebeten, unter dem Vorwand, sich auf der Toilette »frisch machen« zu müssen. Genau so hat sie das ausgedrückt: sich frisch machen. Ein Ausdruck, den Giovanna nur aus Filmen der Fünfzigerjahre kennt, wenn die Hauptdarstellerin sich in die Toilette eines Restaurants flüchtete, um aufdringlichen Verehrern zu entkommen. Ob dieser Mann, dieser Vittorio, sich am Ende auch als einer von der Sorte entpuppt hat?

Ihr praktischer Verstand empfiehlt ihr, daran zu glauben, dass Adele erst einmal tief durchatmen und den sämigen Fluss ihres Bewusstseins verdünnen muss, den die gescheiterte Wiederbegegnung mit ihrer Schwester vermutlich freigesetzt hat. Die kurze Unterbrechung und die hohe Zuckerkonzentration werden ihr helfen, diese Erinnerungen zu bewältigen, überlegt Giovanna, die meint, immer zu wissen, was am besten sei.

»Was treibt ihr hier eigentlich?«, fragt Leonardo.

Er hat sich in die Küche geschlichen, als würde er sie verdächtigen, klammheimlich etwas auszuhecken.

»Wir haben uns gerade gefragt, ob wir dich nicht mit Signora Conforti allein lassen sollen, denn offenbar hat sie ja eine Schwäche für dich!«, scherzt Sergio und gibt Leonardo einen leichten Klaps auf den Hintern.

Dieser fährt zusammen. Er schaut Sergio mit einem seltsamen Blick an, verkneift sich aber eine Antwort. Giovanna ist sich sicher, dass er in sich hineingrinst, denn er liebt jede Art von Kabbelei, sei es auf seine Kosten, sei es auf die anderer. Genau deswegen sollte sie ihn sich einmal vorknöpfen. Oder, besser noch, Sergio darum bitten. Er sollte von Mann zu Mann mit ihm reden. Wozu sind

Freunde denn da? Leonardo muss sein Verhalten gegenüber Annamaria ändern, sonst klappt das mit dem Familienleben nie. Irgendjemand muss ihm einmal die Leviten lesen, und Sergio ist ohne Zweifel der Richtige dafür. Leonardo wird Vater, da kann er nicht länger den geheimnisvollen Schönling geben, der das Lotterleben liebt und gern rebelliert. Auch für ihn ist nun der Moment gekommen, nicht mehr wie ein Traumtänzer zwischen den Wolken zu wandeln, sondern Verantwortung zu übernehmen.

Ob sie sich die Sache zu sehr zu Herzen nimmt? Eigentlich geht sie das Ganze ja auch gar nichts an. Aber sich über Leo zu empören tröstet sie seltsamerweise. Die Unzulänglichkeiten ihres Freundes lenken sie von ihrem schändlichen Verdacht ab. Wäre sie jedoch nicht damit beschäftigt, die Kekse in der Schale anzuordnen und die Augen vor dem zu verschließen, was sich buchstäblich vor ihrer Nase abspielt, würde ihr womöglich auffallen, wie aufgewühlt Leonardo ist. Und auch, dass er Sergio durch den langen Korridor folgt. Sie bräuchte sich bloß zu ihnen umzudrehen, dann könnte sie beobachten, wie beide eiligst ins Schlafzimmer huschen, um kurz darauf mit deutlich glücklicherer Miene wieder aufzutauchen. Vielleicht hätte sie Sergio sogar dabei erwischt, wie er Leonardos Hals küsste, während er ihm zärtlich zuflüsterte: »Du bist verrückt …« Genau in dem Moment kam auch Signora Conforti aus dem Bad.

Doch nein. Sie hat nichts gesehen und nichts gehört. Sie bringt die Kekse ins Wohnzimmer und bietet sie ihren Gästen an, ganz die perfekte Hausfrau. Sergio und all ihre Gäste haben sich wieder hier eingefunden.

»Als ich Vittorio kennengelernt habe, war er einunddreißig Jahre alt«, nimmt Adele den Faden wieder auf, nachdem sie zuvor noch einen weiteren Schluck Cognac getrunken hat, um sich Mut zu machen. Als sie den Schwenker vor sich auf den Tisch stellt, schimmert Lippenstift am Rand. Der große Ring an ihrer rechten Hand schlägt dabei gegen das Glas, was einen klirrenden Ton erzeugt. »Er war ein fabelhafter Anwalt und hatte eine vielversprechende Karriere in einer exzellenten Kanzlei in Rom vor sich, die sich auf Zivilrecht spezialisiert hatte. Er verkehrte auch in Filmkreisen, zumindest hat er mir das an jenem Abend erzählt. In Wirklichkeit verhielt es sich nicht ganz so, doch das habe ich erst später herausgefunden. Er wusste genau, wie charmant er war, und hatte nicht die geringsten Skrupel, von seinem Charisma Gebrauch zu machen, um an Ziele zu gelangen, die nur er kannte. In jedem Wort, jedem Blick und jeder Geste lag ein Versprechen – aber nur höchst selten etwas Verbindliches. Trotzdem haftete seinem Auftreten etwas an, das dich veranlasste, ihm überallhin zu folgen. Selbst in die Hölle, denn an seiner Seite wäre sie das Paradies gewesen.

Zu unserer Verlobung hat er mir einen Ring aus Weißgold mit einem von Smaragden eingefassten Brillanten geschenkt. Ein Erbstück seiner Mutter, die er verloren hatte, als er sieben Jahre alt war. Der Ring war für meinen Finger ein klein wenig zu groß, deshalb habe ich ihm gesagt, ich müsse ihn ändern lassen, schließlich war es ein sehr wertvolles Stück, das ich auf keinen Fall verlieren wollte. Eine Woche später hat mein Vater gegen den Widerstand meiner Mutter bei uns zu Hause eine kleine Verlobungsfeier veranstaltet. Vittorio hat mir einen herrlichen Strauß mit Maiglöckchen und karminroten Röschen mitgebracht, meine Lieblingsfarbe. Er hat mir gesagt, dass er ihn extra in Rom bestellt habe, beim teuersten Floristen in Parioli.

›Der ist wunderschön!‹, habe ich ausgerufen und ihm die Arme um den Hals geschlungen.

Er hat mich jedoch ein Stück von sich geschoben und war plötzlich eiskalt. ›Wo ist der Ring?‹

›Er ist noch beim Juwelier. Hast du das vergessen? Er war doch etwas zu weit, deshalb wollte ich ihn enger machen lassen. Leider ist er erst Donnerstag fertig …‹

›Das war der Ring meiner Mutter. Du weißt, was er mir bedeutet. Das hast du mit Absicht gemacht, stimmt's?‹

›Aber nein, *amore*, bestimmt nicht! Nur der Juwelier ist leider …‹

›Du hast es geschafft, den schönsten Tag deines Lebens zu ruinieren! Meinen Glückwunsch!‹

Während der ganzen Party hat er mich völlig ignoriert. Ich war am Boden zerstört, fühlte mich gedemütigt und in Stücke gerissen. Trotzdem musste ich vorgeben, glücklich zu sein, was hätten denn sonst meine Eltern gedacht? Doch wenn ich mich Vittorio näherte, nahm er Reißaus, dies allerdings derart stilvoll, dass niemand etwas davon bemerkte. Er scherzte mit Elsa, machte meiner Tante Komplimente und eroberte sogar meine Mutter, die über seine Scherze lachte. Dann legte mein Vater eine Platte mit Wiener Walzern auf und forderte mich zum Tanz auf. Nach ein paar Runden übergab er mich an meinen Verlobten. In dem Moment stand ich Höllenqualen aus. Was erwartete mich jetzt? Was, wenn Vittorio erklärte, ich hätte ihn derart beleidigt, dass er die Verlobung lösen müsse? Doch dann nahm er mich fest in die Arme und tanzte mit mir, als wäre ich eine Prinzessin.

›Du bist sehr unartig gewesen, daher erhältst du noch heute Abend deine verdiente Strafe‹, raunte er mir schmachtend zu, während wir über den Teppich im Wohnzimmer wirbelten.

In der Nacht schlich er sich heimlich zu unserem Haus. Eigentlich hätte ich ihm die Tür verbieten müssen, doch hatte ich ihm gegenüber ein furchtbar schlechtes Gewissen. Deshalb habe ihn hereingelassen. Papa war in die Kaserne gegangen, während meine Mutter, Elsa und meine Tante nach dem langen Tag süß und selig schliefen. Sie würden ganz bestimmt nichts hören. Und was mich selbst anging … Ich war elektrisiert und panisch zugleich.

Wir waren kaum in meinem Zimmer, da begann er mich zärtlich zu küssen, mich auszukleiden und an meinem Ohrläppchen zu lecken und zu knabbern. Seine samtweiche Zunge verursachte mir eine Gänsehaut. Als ich splitternackt vor ihm stand, gab er mir aus heiterem Himmel eine Ohrfeige, warf mich rücklings aufs Bett, hielt mir mit der Hand den Mund zu und drang gewaltsam in mich ein. Gierig und erbarmungslos arbeitete er sich vor und raubte mir meine Jungfräulichkeit, ohne mir dabei auch nur ins Gesicht zu sehen. Ein heftiges Stechen in meinem Bauch zerriss mich beinahe, aber gleich darauf wurde ich von einer Welle der Wonne davongetragen. Schmerz und Lust verschmolzen bis zur Unkenntlichkeit. Schreien wollte ich nicht, und so biss ich unter Tränen in das Kissen. Irgendwann riss es auf. Auf diese Weise machten wir das erste Mal Liebe, und das war meine Strafe.«

Stille senkt sich im Zimmer herab. Annamaria erfasst ein Schauder. Sie hat nur noch einen einzigen Gedanken: dass dieser Mann ein brutaler Sadist war.

Einer Frau aus Adeles Generation dürfte es nicht leichtgefallen sein, Worte zu finden, um eine derart intime und bestürzende Begebenheit zu erzählen.

»Als er fertig war, nahm Vittorio mich in die Arme und wiegte mich zärtlich. Kurz darauf machten wir erneut Liebe, und diesmal hätte er zärtlicher nicht sein können. So war es bei jedem Beischlaf. Nie wusste ich vorher, ob ich es mit einem fürsorglichen oder einem gnadenlosen Liebhaber zu tun bekam. Er spielte mit mir wie eine Katze mit der Maus, im Bett ebenso wie im täglichen Leben. Er war der reizendste Mann der Welt, doch bei der kleinsten Kleinigkeit konnte er sich ohne jede Vorwarnung in eine rachsüchtige und grausame Kreatur verwandeln. Er schien Gefallen daran zu finden, mich zu verletzen. Wenn ich dann in Verzweiflung versank, weil ich fest davon überzeugt war, ihn enttäuscht zu haben, gab er sich bei unserer nächsten Begegnung aufmerksamer und leidenschaftlicher denn je. Auf Überraschungen musste ich bei ihm immer gefasst sein …

Eine Frau, die etwas erfahrener gewesen wäre als ich, hätte in dieser Verführungskraft vielleicht eine Gefahr erkannt und Vittorio deshalb widerstehen können, aber nicht ich. Seit ich ihn zum ersten Mal gesehen hatte, wollte ich ihn erobern. Auf den Gedanken, dass ich eigentlich die Beute abgebe, bin ich gar nicht gekommen. Meine strenge Erziehung, in der jede Wärme fehlte, hatte aus mir eine Frau gemacht, die auf keine Form der Liebe vorbereitet war. Dabei steckte in mir eine sinnliche, ungestüme und leidenschaftliche Seele. Sie hat mich als kleines Mädchen dazu gebracht, mir hinter dem Lorbeerstrauch eine Zukunft auszumalen, in der Wünsche niemals auf Hindernisse trafen.

Nach der Verlobung haben wir mit der Hochzeit kein Jahr gewartet. Hier und da wurde gemunkelt, eine Schwangerschaft zwinge mich zu dieser Eile. Das stimmte nicht. Jenem ersten Mal sind weitere gefolgt, aber wir haben Vorkehrungen getroffen. Das war unser delikates Geheimnis. Delikat allerdings eher für mich. Sie alle sind noch jung und können sich das nicht vorstellen, denn heute gibt es sichere Verhütungsmöglichkeiten, und fast niemand wartet noch mit dem Sex bis zur Ehe. Damals sah die Sache jedoch anders aus. Dabei wogen die Angst und die Verurteilung durch die Gesellschaft deutlich schwerer als die Vorgaben seitens der Kirche. Für uns Frauen stand viel auf dem Spiel. Letzten Endes unsere Ehre. Unverheiratet schwanger zu werden bedeutete, gebrandmarkt zu sein. Doch aus Liebe, aus Leidenschaft oder aus reinem Begehren gingen wir dieses Risiko ein, wenn ein Mann nur beharrlich genug war. Solange niemand davon erfuhr, war die Sache schon in Ordnung. Waren wir Heuchlerinnen? Vielleicht …

Dass wir so überstürzt heirateten, war also einzig und allein dem Wunsch geschuldet, uns endlich Tag und Nacht lieben zu können. Vittorio war verrückt nach mir, zumindest schien es mir so. Ich war mit Sicherheit verrückt nach ihm. Geradezu besessen, sodass all meine Gedanken von ihm beherrscht wurden. Zum ersten Mal verspürte ich nicht den geringsten Wunsch, meine Schwester an einem Gefühl teilhaben zu lassen. Meine Liebe wollte ich für mich allein haben. Und für Vittorio, versteht sich. Doch sonst sollte niemand unserem Glück zu nahe kommen. Nicht einmal Elsa. Schon gar nicht Elsa. Insgeheim fürchtete ich nämlich ihr Urteil. Elsa hätte ganz sicher all das Licht gesehen, doch wären ihr vermutlich auch die Schatten nicht entgangen. Und von denen wollte ich auf gar keinen Fall etwas hören.

Das war ein weiterer Grund, weshalb ich es kaum abwarten konnte zu heiraten. Ich wollte die Seile kappen, die mich noch an die Vergangenheit fesselten. Ich wollte nach Rom gehen und Abstand zu meiner Familie bekommen. Ich wollte das schwarze Loch, das meine Kindheit geprägt hatte, hinter mir lassen, wollte meiner Mutter und ihrer Grausamkeit entkommen. Und wenn der Preis dafür der war, meine Schwester zu verlassen, nun gut. Im Übrigen war sie zu einer schweigsamen und in sich gekehrten Frau geworden, auch wenn sie mir in jeder Weise bei den Hochzeitsvorbereitungen half. Besessen, wie ich von Vittorio und von der bevorstehenden Hochzeit war, machte ich mir zunächst kaum Gedanken über diese Veränderung und schrieb sie der hektischen Atmosphäre jener Wochen zu. Später aber, als ich in Ruhe über diese Zeit nachgedacht habe, ist mir klar geworden, dass mehr dahintersteckte und sich ihr Verhalten mir gegenüber grundlegend geändert hatte.

Eines Nachmittags schlenderten wir durch die zahllosen verwinkelten Gassen vom Stadtzentrum aus nach Hause zurück. Wir waren bei der Modistin gewesen, um das Hochzeitskleid anzuprobieren. Für Anfang April schien die Sonne schon sehr kräftig, und wir gerieten leicht ins Schwitzen. Völlig unvermittelt sah mir Elsa fest in die Augen, wie sie es schon seit Langem nicht mehr getan hatte, und fragte: ›Bist du dir sicher, dass du ihn liebst?‹

›Selbstverständlich!‹, habe ich geantwortet. Ihre Frage hatte mich verletzt, denn ich meinte, sie würde nicht an die Aufrichtigkeit meiner Gefühle glauben. ›Wie kommst du überhaupt darauf?‹

›Schon gut … Ich wollte es nur wissen. Manchmal gehen die Menschen davon aus, dass sich die Dinge in einer bestimmten Weise entwickeln, und merken erst hinterher, dass diese Erwartungshaltung sie in eine Falle tappen lässt. Dann stellen sie vielleicht fest, dass sie eigentlich etwas anderes wollten. Oder merken, dass sie sich etwas genommen haben, das ihnen eigentlich nicht gehört und das sie am Ende noch nicht einmal haben möchten.‹

Ich habe sie nur fragend angesehen, denn ich wusste wirklich nicht, worauf sie hinauswollte.

›Das habe ich aus einem Buch, das ich gerade lese. Polly, die Hauptfigur, bereitet sich auf die Hochzeit mit einem Grafen vor, liebt tief in ihrem Herzen aber einen Bauern. Das wird ihr jedoch erst klar, als es schon zu spät ist. Ihre beste Freundin fragt sie nämlich eines schönen Tages, ob sie den Grafen wirklich liebe. Deshalb habe ich mir gedacht, ich sollte dir die Frage vorher stellen, damit du die Möglichkeit hast, es dir gegebenenfalls anders zu überlegen, bevor es zu spät ist.‹

›Aber ich habe nicht die geringste Absicht, es mir anders zu überlegen.‹

›Umso besser.‹

›Was ist das überhaupt für ein Buch?‹

›Ein französischer Roman. Du kennst ihn nicht.‹

›Wie heißt er denn?‹

›*Die Gräfin von Mont Blanc*‹, hat sie ein bisschen zu schnell geantwortet.

Sobald ich den Titel dieser Schmonzette gehört hatte, dachte ich nicht weiter über die Angelegenheit nach. Es sah meiner Schwester ähnlich, eine Romanhandlung ins tägliche Leben zu übertragen. Jahre später habe ich versucht, dieses Buch aufzutreiben, aber allem Anschein nach ist es niemals geschrieben worden.«

»Was soll das heißen, es ist nie geschrieben worden?«, hakt Annamaria nach.

»Elsa hat sich den Titel vermutlich ausgedacht ...«, sagt Elena, die ja eine gewisse Erfahrung darin hat, Geschichten aus dem Stegreif zu erzählen, die zwar wahr klingen, es aber nicht unbedingt sein müssen.

»Sie hat den Titel erfunden?«, bohrt Annamaria weiter. »Und warum?«

Doch Adele bleibt die Antwort schuldig.

Istanbul, 7. Februar 1974

Liebe Adele,

*hier regnet es schon seit Stunden ohne Unterlass. Ich
habe mir einen Tee aufs Zimmer bringen lassen: Jetzt
hoffe ich, dass mir wieder warm wird, denn es ist
furchtbar kalt, und trotz des Ofens bleibt der Raum
eine Eiskammer. Und ich hoffe inständig, dass der
Regen bald aufhört oder sich wenigstens etwas legt,
denn ich will mir auf gar keinen Fall meinen neuen,
knöchellangen Kamelhaarmantel ruinieren. Als ich
ihn gekauft habe, hat mir der Verkäufer versichert, er
sei wasserfest und schmutzabweisend, doch kann ich
getrost darauf verzichten, die Probe aufs Exempel
zu machen.*
*Heute steht noch ein Besuch bei der Schneiderin auf
meinem Programm. Ich habe eine absolute Könnerin
ganz in der Nähe meines Hotels entdeckt. Sie heißt
Madelyn und ist eigentlich Armenierin. Ihre Familie
lebt seit drei Generationen in Istanbul. Früher waren
Beyoğlu und Pera sogar noch kosmopolitischere Viertel,*

als sie es heute sind. Armenier, Genuesen, Venezianer, Franzosen, Griechen und Zyprioten: Du malst Dir nicht aus, wie viele Völkergruppen bis heute in dieser Metropole leben, obwohl sie es Mitte der Fünfziger mit der geballten Wucht von Ausländerfeindlichkeit und Hass zu tun bekommen haben. Das muss schrecklich gewesen sein. Eine wilde Horde von Ultranationalisten ist in das Viertel eingefallen. Diese Ungeheuer hatten es vor allem auf die Griechen abgesehen, aber letzten Endes blieb niemand von ihrer Gewalt verschont. Sie haben Häuser in Brand gesetzt, kleine Läden zerstört und ganze Familien durch die Straßen gejagt. Nur wenige sind damals mit heiler Haut davongekommen.

Madelyn hat mir das alles neulich erzählt, während sie Maß für das Schnittmuster genommen hat. Ich lasse mir von ihr ein Cocktailkleid aus herrlicher türkisfarbener Rohseide machen. Den Stoff habe ich vor einiger Zeit im Großen Basar gekauft.

Ihre Erzählung hat einen tiefen Eindruck bei mir hinterlassen. Dario hatte mir gegenüber schon einmal etwas in dieser Richtung angedeutet, aber die Schilderung einer Frau zu hören, die eine solche Gewalt am eigenen Leib hat erfahren müssen, steht auf einem völlig anderen Blatt. Sie und ihre Verwandten verdanken ihr Leben nur der Tatsache, dass einige türkische Nachbarn eingegriffen haben. Jemand hat ihnen eine Fahne in die Hand gedrückt, die sie auf dem Balkon schwingen sollten, während ein Mann

mit langem traditionellen Bart und Takke, also einer
Gebetskappe, sich vor ihrer Tür aufgebaut und jedem,
der sich dem Haus näherte, ins Gesicht geschrien hat:
»Die gehören zu uns!« Madelyn legt Wert darauf zu
betonen, dass ihnen in ihrem Viertel niemals jemand
Ärger bereitet und der tolerante Geist des Ortes trotz
allem überlebt habe.

An jenem Tag wollte ich nach dem Besuch bei Madelyn
nicht gleich ins Hotel zurückkehren, deshalb bin ich
noch ein wenig durch die Gegend spaziert. Während
ich durch die Straßen von Beyoğlu schlenderte, in
denen sich stets Menschen drängen und es ein Geschäft
neben dem nächsten gibt, fühlte ich mich mehr denn je
als Teil dieser wunderbaren Stadt mit der uralten Seele
und dem ungeheuer modernen Geist. Als ich in einem
Schaufenster beobachtete, wie meine aufrechte und
elegante Erscheinung von der Menge weitergeschoben
wurde, musste ich plötzlich daran denken, wie ich
gewesen bin, als ich frisch am Bahnhof von Sirkeci
ankam, erschöpft, verängstigt und ohne Unterkunft für
die Nacht. Seitdem sind erst vier Jahre vergangen, die
mir aber wie ein ganzes Leben vorkommen. An einem
Stand habe ich mir bei einem Simit-Verkäufer einen
dieser Sesamkringel gekauft. Es ist schon ewig her, seit
ich zum letzten Mal einen gegessen habe. Ob er Dir
schmecken würde, vermag ich beim besten Willen nicht
zu sagen, doch ich fühle mich wie im Paradies, wenn
sich meine Zähne in den weichen Teig mit der knusp-
rigen Kruste und dem Sesam obendrauf bohren.

*Flotten Schrittes lief ich weiter und bemerkte gar nicht,
wie ich zum Dolmabahçe-Palast gelangte, der letzten
Sultansresidenz. Sämtliche Touristen stehen ja
Schlange, um den Topkapi-Palast zu besichtigen, igno-
rieren die Pracht dieses herrschaftlichen Gebäudes aber
völlig. Es befindet sich auf der europäischen Seite des
Bosporus und ist berühmt für sein Tor direkt an der
Meerenge. Zum Gelände gehört ein privater Bootssteg,
und die Fassaden sind eine Kombination aus Rokoko,
Barock und Neoklassizismus, doch das Innere ist rein
im osmanischen Stil gehalten. Ein Triumph von Gold,
Kristall und Edelhölzern, das Ganze verteilt auf
zweihundertfünfundachtzig Zimmer, sechsundvierzig
Säle, sechs Hamams und natürlich den Harem. An
dem Palast bin ich schon unzählige Male vorbeigekommen, und stets habe ich sein Äußeres bewundert,
niemals aber die Gelegenheit gefunden, ihn mir von
innen anzusehen.
Kurz entschlossen habe ich mir daher diesmal eine
Eintrittskarte gekauft. Erst als ich bezahlen wollte,
ist mir klar geworden, dass ich gar nicht genug Geld
dabeihatte. Mein Portemonnaie hatte ich im Hotel
vergessen, bei mir trug ich nur ein wenig Kleingeld.
Deshalb wollte ich schon einen Rückzieher machen,
doch da hat mir ein französischer Tourist ausgeholfen,
der in der Schlange hinter mir stand. Wie angenehm,
habe ich noch gedacht, einen Mann zu treffen, der
einer Signora in Schwierigkeiten behilflich ist. Damit
war die Geschichte aber noch nicht zu Ende …*

*Um den Dolmabahçe-Palast zu errichten, brauchte
man elf Jahre, fertiggestellt wurde er 1856. Für einen
Besuch sollte man durchaus einen ganzen Tag ein-
planen. Der Nachmittag war jedoch schon recht weit
vorgerückt, weshalb ich von Saal zu Saal geschwirrt
bin und dabei versuchte, mir vorzustellen, wie das
Leben des Sultans ausgesehen hat, der vor gut einem
Jahrhundert in diesen reich geschmückten Räumen
gewohnt hat.*

*Das hat mich derart beschäftigt, dass ich überhaupt
nicht bemerkte, wie ein Mann an mich herantrat und
mich ansprach. Es war der Tourist von eben, der mir
die Eintrittskarte spendiert hatte. Ich muss ihn völlig
baff angesehen haben, denn er hat sofort vom Fran-
zösischen ins Englische gewechselt, eine Sprache, die ich
tatsächlich besser beherrsche. Da er gesehen hatte, dass
ich bereits auf den Ausgang zusteuerte, wollte er mich
darauf aufmerksam machen, dass mir dann der
faszinierendste Teil des Palasts entgehen würde. Bei
diesen Erläuterungen wies er mich auf ein Schild hin,
das sich nur wenige Meter von uns entfernt befand
und den Weg zum Harem beschrieb.*

*Ich bedankte mich erneut bei ihm. Dabei betrachtete ich
ihn erstmals näher und war, freiheraus, überwältigt,
was für ein attraktiver Mann da vor mir stand.*

*Dir hätte er sicher auch gefallen: ein Mann mit
magnetischen grünen Augen, einer Charakternase
und schwarzen Locken.*

Marc – so heißt er – unterrichtet Geschichte in Lyon

und hat eine ausgeprägte Leidenschaft für orientalische Kunst. Bei seiner Führung durch den Harem hätte ich bestimmt eine Menge lernen können, wenn ich bloß genauer zugehört hätte. Doch während er Daten und Architekturstile aufzählte, die er einem dicken Reiseführer entnahm, weilte ich in Gedanken ganz woanders. Ich dachte an jene rätselhafte Frau zurück, die ich in Venedig im Bahnhofscafé getroffen hatte. Sie hatte mir gesagt, dass sie zu den letzten Haremsdamen gehört habe. Ob sie wohl hier gelebt hat? Sie hat mir ja kaum etwas von sich erzählt, aber das wenige hat mich beeindruckt. Zum Beispiel, dass die Frauen zwar die Wünsche des Sultans zu erfüllen hatten, gleichzeitig aber etliche Privilegien genossen. Bei diesen Worten war ihr Blick verschleiert gewesen, und in ihm hatte ich eine tiefe Sehnsucht entdeckt.

Meine Schritte hallten auf den gleichen Marmorfußböden wider, über die Generationen von eingesperrten Frauen gegangen sind, die ihre Tage damit verbrachten, sich für einen einzigen Mann schön zu machen. Um seine Favoritin zu werden, spannen sie Intrigen und wirkten Flüche, ja, sogar zu einem Mord fanden sie sich bereit. Sie nahmen duftende Bäder, massierten kostbare Öle in ihre Haut, steckten ihr Haar zu den raffiniertesten Frisuren auf, hüllten sich in Gewänder aus edlen Stoffen und schmückten sich mit funkelnden Geschmeiden. Am Ende war es nur eine einzige Frau, die vom Sultan auserwählt wurde. Eine einzige. Das musste nicht unbedingt die schönste von ihnen sein,

denn dem Sultan kam es darauf an, dass seine Aus-
erwählte intelligent war und sich gepflegt mit ihm
unterhalten konnte. Die anderen blieben unter
der Aufsicht der Eunuchen zurück, den einzigen
Männern, die außer dem Sultan Zutritt zum Harem
hatten. Sie überspielten ihre Rivalität, indem sie
miteinander plauderten, musizierten, kicherten,
tuschelten und sich Geheimnisse ins Ohr flüsterten.
Kann es sein, dass diese jungen Frauen in diesem
goldenen Käfig leben wollten? Wog der Respekt, mit
dem sie behandelt wurden, das Fehlen von Freiheit
auf? Würde sich eine Geliebte je mit dieser besonderen
Art übersteigerter Aufmerksamkeit zufriedengeben?
Während mir diese Fragen durch den Kopf gingen,
habe ich auch darüber nachgedacht, wie oft Männer
ihre Liebe mit Macht kombinieren. Sie spionieren
Dich aus, kontrollieren Dich, reden Dir ein, ihre
Eifersucht sei nur ein Beweis dafür, wie viel Du ihnen
bedeutest. Aber was hat all das mit Liebe zu tun?
Nichts! Lieben bedeutet, sich zu vertrauen. Sich
aufeinander verlassen zu können. Sich voreinander
gehen zu lassen.
Nach dem Rundgang durch den Palast hat Marc mich
auf einen Tee in seinem Hotel ganz in der Nähe
eingeladen. Aus dem Tee ist ein Abendessen geworden,
aus diesem ein Spaziergang am Goldenen Horn, aus
diesem …
Als ich am nächsten Morgen die Strecke, die ich am
Tag zuvor zu Fuß bewältigt hatte, im Taxi zurück-

gefahren bin, ist mir wieder einmal aufgegangen, wie stark der Zufall unser Schicksal bestimmt. Wenn ich nicht zum Dolmabahçe-Palast gegangen wäre, hätte ich Marc nicht kennengelernt. Wenn ich nicht darauf bestanden hätte, zu diesem Fest zu gehen, obwohl Du krank gewesen bist, hätte ich Vittorio nicht getroffen und er mir niemals den Hof gemacht. Dann hätte er mich nie geküsst und mir niemals das Herz rauben können, nur um mir anschließend die kalte Schulter zu zeigen und sich Dir zuzuwenden. Dich sogar zu heiraten! Habe ich Dir das je erzählt? Habe ich Dir je gesagt, wie es ihn amüsiert hat, eine naive junge Frau zu verführen und dann fallen zu lassen, ganz wie in einem billigen Schundroman? Später hat er das bereut, aber das ist eine andere Geschichte, von der ich heute nicht sprechen möchte.

Die Begegnung mit Marc liegt jetzt einige Tage zurück. Danach habe ich ihn nicht wiedergesehen. Das wollte er nicht akzeptieren. Die ganze Woche über hat er versucht, Kontakt mit mir aufzunehmen. Gestern habe ich ihn im Foyer meines Hotels gesehen, da hat er sich nach mir erkundigt. Ich habe es gerade noch geschafft, mich in den Gang für das Personal zu flüchten. Eine weitere Begegnung sehen meine Pläne nämlich nicht vor. Was wir uns haben geben können, haben wir uns bereits gegeben. Es gibt Lieben, für die reicht ein ganzes Leben nicht, und es gibt andere, die in einer einzigen Nacht erlöschen. Das soll nicht heißen, dass die ersten besser wären als die zweiten.

*Es geht hier schlicht um das Verfallsdatum. Wenn
man nicht leiden möchte, sollte man es besser kennen.
Marc verlässt morgen jedenfalls in aller Frühe
Istanbul, um nach Lyon zurückzukehren. Neulich habe
ich in seinem Zimmer die Fahrkarte für den Zug
gesehen. Seine Belagerung hat also bald ein Ende.
Inzwischen schüttet es auch nicht mehr. Der Platz-
regen hat einer kalten, aber strahlenden Sonne Platz
gemacht. Sogar ein schmaler Regenbogen hat sich
gebildet. Nun wird es höchste Zeit, Madelyn aufzusuchen. Mein neues türkisfarbenes Kleid erwartet
mich.*

*Bevor ich mich von Dir verabschiede, muss ich Dir
aber noch etwas mitteilen: Mein Leben wird sich schon
bald erneut ändern, denn ich werde Geschäftsfrau.
Erinnerst Du Dich noch daran, dass ich Dir vor einer
Weile von einem Hamam hier im Viertel geschrieben
habe? Kurz und gut, das Bad ist jetzt meins! Als ich
neulich daran vorbeigekommen bin, habe ich entdeckt,
dass es zum Verkauf angeboten wird. Wenn Du mich
fragst, muss das ein Zeichen des Schicksals gewesen
sein. Ein weiteres.*

*Meine Freunde halten den Plan ausnahmslos für eine
Schnapsidee. Sie sind so schockiert, dass sie mir ständig
im Chor vorsingen, es habe noch niemals eine Frau
einen Hamam geleitet. Diese fast schon halbseidene
Tätigkeit verbiete sich für eine Frau doch von selbst.
Doch je stärker sie mich entmutigen, desto entschlosse-
ner bin ich, mich Hals über Kopf in dieses Vorhaben*

zu stürzen. Es wäre das erste Mal, dass ich etwas machen würde, das allein auf meinem Mist gewachsen ist. Außerdem träume ich davon, einen Hamam zu besitzen, seit ich hier in Istanbul bin! In den nächsten Tagen werde ich daher alles unter Dach und Fach bringen!

Zum Bad gehört noch eine Wohnung, die in recht gutem Zustand ist. Die Böden müssten vielleicht ausgebessert und die Wände gestrichen werden, dann aber wird sie sich mit den entsprechenden Möbeln in ein bequemes und gemütliches Zuhause verwandeln. Das wird meine erste richtige Bleibe sein.

Es ist mir klar, dass dies ein langer Brief geworden ist. Vielleicht ein zu langer.

Aber wer weiß, eines Tages sehen wir uns vielleicht wieder – und reden womöglich auch von unserer Vergangenheit.

In Liebe

Deine Schwester

G eht es dir besser?«
»Aber ja, danke. Mein Blutdruck ist nur kurz abgesackt, das ist längst wieder vorbei.«

Annamarias Stimme ist kaum zu hören, und sie ist bleich wie eine Wachsfigur. Giovanna, die ihr geholfen hat, sich abermals auf dem Sofa auszustrecken, nimmt ihrer Freundin diese Beteuerungen offenbar nicht ganz ab. Dazu ist diese viel zu blass. Sollte sie nicht besser in ein Krankenhaus eingeliefert werden?

Dann spricht Leonardo aus, was sie nur gedacht hat: »Sollen wir dich in die Notaufnahme bringen?«

»Im Krankenhaus könnte man sofort eine Ultraschalluntersuchung vornehmen und auch die anderen notwendigen Kontrollen durchführen«, merkt Elena in professionellem Ton an.

»Unsinn, es ist nichts. Wirklich nicht. Das Kind hat sich gerade bewegt, aber jetzt ist alles in Ordnung. Das war nur ein kurzer Moment. Mir geht es schon viel besser, Ehrenwort.«

Leonardo insistiert nicht, denn das ist die Antwort, die

er hören wollte. Nach allem, was geschehen ist, hätte ihm ein Abstecher ins Krankenhaus gerade noch gefehlt.

Sergio, der hinter ihm steht, scheint ihm alleine durch seine Nähe die Haut zu verbrennen. Am liebsten würde er ihn sofort berühren und umarmen. Wenn es nach ihm ginge, würden sich Annamaria und alle anderen wie durch Zauberhand in Luft auflösen, damit sie beide endlich allein wären. Das ist abscheulich von ihm, das weiß er ganz genau. Nicht einmal davon träumen sollte er. Annamaria hat das nicht verdient. Trotzdem kommt er nicht dagegen an. Plötzlich bemerkt er, dass Signora Conforti ihn aufmerksam ansieht. Bildet er sich das ein oder lächelt sie ihn tatsächlich mit einem Ausdruck von Nachsicht an? Die Frau hat ja schon einiges im Leben mitgemacht. Ob sie ahnt, was Sache ist? Der Gedanke beruhigt ihn nicht unbedingt …

In die Kissen gesunken betrachtet Annamaria Leonardo ebenfalls. Ist sie sich wirklich sicher, ihren Mann zu lieben? Ist er der Mann ihres Lebens? Will sie ihn als Vater ihres Kindes? Diese Fragen gehen ihr zu oft durch den Kopf. Sie hat versucht, sie zu ignorieren, aber die Geschichte dieser Frau hat ihnen ganz neue Aktualität verliehen. Panik erfasst sie.

Da ist sie dabei, eine Familie zu gründen, und hat nun Angst, den falschen Mann dafür gewählt zu haben. Wirklich schlimm aber ist, dass sich der Richtige nun niemals mehr auf sie einlassen wird. Denn sie ist ja bereits vergeben. Dabei ist es für Leonardo nur ein Missgeschick gewesen, als er mit ihr ins Bett gegangen ist. Ein Unfall.

Eine Umarmung zu viel, die ihn aus dem sicheren Gleis der Freundschaft geworfen hat. Denn genau das ist er, ein Freund, mehr nicht. Und er wird niemals etwas anderes für sie sein können, da braucht sie sich nichts vorzumachen. Warum hat sie ihm bei diesen Zweifeln überhaupt etwas von dem Kind gesagt? Diese Überlegungen jagen ihr Angst ein. Wie soll es ihr gelingen, so zu tun, als wäre alles bestens? Wie soll sie es schaffen, das Bild der glücklichen Familie aufrechtzuerhalten?

Annamaria versucht sich auf ihre Bauchatmung zu konzentrieren, genau wie sie es beim Geburtsvorbereitungskurs gelernt hat. Sie atmet durch die Nase ein und durch den Mund aus und achtet dabei auf den Rhythmus. Ihr Bauch muss sich gleichmäßig heben und senken. Heben und senken. Giulio ist in die Küche gegangen, um für sie ein Glas Wasser zu holen. Er reicht es ihr. Sie sucht seinen freundlichen Blick, der sie noch stets beruhigt hat.

Giovanna fällt ein Stein vom Herzen. Ihre Freundin zeigt wieder etwas Farbe, und Giulio massiert ihr zur weiteren Linderung die Stirn. Wie viel diese beiden gemeinsam haben!, denkt sie zu ihrer eigenen Überraschung. Die Liebe zur Kunst, die Spiritualität, die Freundlichkeit. Aber für die Liebe heißt das nichts. In der Liebe ziehen sich Gegensätze an, das weiß sie genau. Ihr Blick wandert weiter zu Sergio, der in Gedanken versunken dasitzt und mit den Fingern auf die Sessellehne trommelt. Es gefällt ihr, ihn heimlich zu beobachten. Er sieht ungeheuer gut aus. Empfindsam, ungestüm, manchmal auch unsicher. O ja, Gegensätze ziehen sich an. Nun sieht er doch auf und bemerkt ihr Lächeln. Sofort huscht sein Blick in eine andere Richtung.

»Wir haben geheiratet, und mein Leben hat sich von Grund auf geändert.«

Annamarias Unpässlichkeit ist vergessen. Adele Conforti fährt mit ihrer Geschichte fort. Sie hält die Hände in ihrem Schoß, die Finger fest verschränkt, als wolle sie sich Kraft geben.

»Endlich habe ich Viterbo verlassen. Ich zog mit Vittorio nach Rom. Die Hochzeitsreise hatte uns nach Positano geführt. Unser an der Küste gelegenes Hotel dort ragte über dem Meer empor, das wir von unserem Bett aus sehen konnten. Ich fühlte mich wie die Heldin in einem Märchen, in dem alles ein gutes Ende nimmt, und Vittorio war mein Prinz, der sich unter all den Frauen, die ihn umschwirrten, ausgerechnet für mich entschieden hatte.

In all meinem Glück befiel mich manchmal aber auch ein Hauch von Eifersucht. Sogar auf meine Schwester. Hatte er nicht ein Auge auf sie geworfen, bevor er mich kennengelernt hatte? Doch Vittorio hatte für meine Zweifel nur ein Lächeln übrig. Würde ich wirklich nicht erkennen, wie sehr er mich liebte? Für ihn gebe es auf der ganzen Welt keine andere Frau, das waren seine Worte. Außerdem sei Elsa innerlich noch ein kleines Mädchen, dessen Verschlossenheit ihn langweile. Nur ich allein würde ihn glücklich machen. Als ich ihn einmal aus Spaß gefragt habe, warum eigentlich, hat er mir geantwortet, weil ich ihn herausfordere, und das sei aufregend. Was das heißen sollte, war mir unklar, aber das spielte keine Rolle, solange seine Liebe mir das Gefühl gab, etwas Besonderes zu sein.

Vittorio lebte hier in Rom bereits in Testaccio, jedoch in einem Junggesellenappartement, das für ein junges Paar völlig ungeeignet war. Wir suchten deshalb im Viertel nach einer größeren und komfortableren Unterkunft. In diese Wohnung habe ich mich auf den ersten Blick verliebt. Wegen der Raumanordnung und wegen des Lichts. Und natürlich wegen des Balkons.«

»Wegen des Balkons?«, fragt Giovanna. »Aber hier gibt es gar keinen Balkon. Da müssen Sie etwas verwechseln ...«

»Ich weiß sehr gut, dass es diesen Balkon nicht mehr gibt, meine Liebe, schließlich habe ich ihn abreißen lassen«, entgegnet Signora Conforti wie aus der Pistole geschossen. »Früher gehörte zur Wohnung aber ein Balkon. Er ging von der Küche ab. Da gab es eine Tür ...«

»Warum haben Sie ihn bloß beseitigen lassen?«, fragt Giovanna ungehalten.

Ob sie will oder nicht, aber nach dieser Enthüllung fühlt sie sich regelrecht betrogen. Mit einem Balkon wäre die Wohnung noch schöner.

Doch Adele hüllt sich in Schweigen.

»Wie gesagt, wir haben die Wohnung erstanden«, fährt sie dann unbeirrt fort. »Mein Vater wollte uns finanziell etwas unter die Arme greifen und uns die Wohnung nachträglich zur Hochzeit schenken. Als ich Vittorio von dieser Absicht berichtete, geriet er außer sich. Das groß-

169

zügige Angebot fasste er als Beleidigung auf. Er meinte, mein Vater wolle ihm nur unter die Nase reiben, dass er trotz seiner brillanten Karriere noch nicht imstande sei, mir ein anständiges Dach über dem Kopf zu bieten. Wir waren erst vor Kurzem aus Positano zurückgekehrt, als er mir diese grauenvolle Szene gemacht hat. Er zog in schändlicher Weise über meine Familie her und ging dann sogar auf mich los. Er hat mich zwar nicht geschlagen, aber seine Raserei hat mir panische Angst eingejagt. Zum ersten Mal habe ich mich gefragt, wozu er eigentlich fähig ist. Am nächsten Tag hatte ich dann aber wieder einen charmanten und liebenswerten Mann vor mir. Als ob überhaupt nichts geschehen wäre. Danach hat er die Sprache nie mehr auf diesen Vorfall gebracht. Mein Vater hat den Scheck ausgestellt, und die Angelegenheit war für uns erledigt.

Ich selbst wollte diese hässliche Episode nur schnellstens vergessen und habe mir deshalb eingeredet, dass es sich lediglich um einen einmaligen Ausrutscher gehandelt hat. Mein Mann hätte sich doch ganz bestimmt niemals so verhalten, wenn er nicht darunter gelitten hätte, dass er noch nicht in der Weise für mich sorgen konnte, die ihm vorschwebte. Bei dem Druck, unter dem er also stand, war es doch nicht verwunderlich, wenn seine Nerven blank lagen. Das Leben, das ich mir gerade aufbaute, würde ich mir deswegen bestimmt nicht kaputt machen lassen. Nicht wegen eines einmaligen Wutanfalls!

Und ich fühlte mich ja tatsächlich wie im siebten Himmel. Morgens ging Vittorio zur Arbeit, meist kehrte er erst spät am Abend zurück, aber das störte mich gar nicht, im Gegenteil. In dieser Einsamkeit genoss ich meine Freiheit. Es war, als würde ich die ganze Zeit über mit Puppen spielen, ohne dass meine Mutter mich ausschimpfte, weil ich zu laut lachte. Hin und wieder habe ich Elsa vermisst, aber diese Anfälle haben nie lange gedauert, und dann hat sich wieder diese nie gekannte Euphorie eingestellt. Endlich schrieb mir niemand mehr vor, wie ich meine Tage zu verbringen hatte oder was für ein Leben ich führen sollte. Manchmal habe ich aus purem Vergnügen den Esstisch oder das Sofa verrückt, nur um zu sehen, wie sich der Raum dadurch veränderte, um danach alles wieder zurückzuschieben. Oder ich probierte komplizierte Rezepte aus und kochte dabei derart viel, dass im Kühlschrank gar kein Platz mehr für all die Speisen war. Ich verließ das Haus nur, um meine Einkäufe zu erledigen. Wenn Vittorio zurückkam, setzte ich alles daran, ihm die perfekte Ehefrau zu sein, die er sich wünschte.

Sobald ich morgens erwachte, zwickte ich mich, um mir sicher zu sein, dass nicht alles nur ein Traum war. Häufig vermischten sich nämlich die Fantasiewelten, die ich mir als Kind ausgedacht hatte, mit der Realität. Das galt vor allem für die gar nicht so abwegige Vorstellung, dass wir das zweite Zimmer dieser Wohnung für unser Kind herrichteten. Diese Möglichkeit erfüllte mich gleichermaßen mit Freude und Entsetzen. Tief in meinem Innern wusste ich wohl, wie zerbrechlich meine wunderbare Glücksblase war. Ein Nichts würde ausreichen, sie zum Platzen zu bringen. Ein Kind zum Beispiel. Unsere Liebe bot nur Raum für zwei, für Vittorio und mich. Aber dieses Wissen hat mich nicht vor Schaden bewahrt. Jung und überheblich, wie ich war, redete ich mir schon bald ein, dass unsere Liebe jede Probe bestehen würde. Nichts und niemand würde uns je auseinanderbringen, daran gab es für mich keinen Zweifel. Doch sollte ich mich geirrt haben. Ich meinte nur in einem Traum zu leben, weil nichts in meinem neuen Leben echt war.«

»Was soll das heißen, es war nicht echt?«, fragt Giovanna. »Hat Ihr Mann Sie betrogen?«

Adele schweigt für einen kurzen Moment, und es bleibt unklar, ob sie die Worte überhaupt gehört hat. Bis eben hat sie wie in Trance gesprochen. Jetzt scheint sie innerlich zu japsen. Als hätte sie eine bittere Pille schlucken müssen. Eine Erinnerung, die sie erst verdauen muss, bevor sie fortfahren kann.

»Sie hätten ihn kennen müssen! Vittorio war so charmant!«, hält sie träumerisch fest. »Ein Blick von ihm, ein Scherz – und alle Welt lag ihm zu Füßen. Reifere Frauen genau wie junge Mädchen und sogar Männer. Er sammelte gebrochene Herzen, dies jedoch voller Anmut, als wäre er sich eigentlich gar nicht bewusst, was er anrichtete. Er brauchte mir nur tief in die Augen zu sehen, und schon zitterten mir die Knie. Wenn er mit mir sprach, vergaß ich alles um mich herum, gelegentlich sogar das, was er mir gerade sagte. Seine rauchige und unaufgeregte Stimme vibrierte in mir wie Musik, die nur ich allein hören konnte. Sie schlug mich in ihren Bann wie ein Zauber. Oder wie ein Fluch. Was auch immer er mir sagte, ich habe ihm blind vertraut. Ich hing an seinen Lippen. Als ich ihn daher eines Morgens in einem Café mit einer Frau an einem Tisch sitzen sah, fand ich nichts dabei, auch wenn in meinem Innern ganz leise eine Alarmglocke schrillte.

Ich wollte gerade meine Einkäufe erledigen, und das Café befand sich auf dem Weg zum Markt dieses Viertels. Wahrscheinlich nur eine Klientin, habe ich mir gedacht. Für einen kurzen Moment blieb ich stehen, um zu überlegen, ob ich einfach weitergehen sollte, schließlich wollte ich ja nicht stören. Am Ende überwog aber die Neugier. Noch während ich auf den Tisch zuging, drehte sich die Frau zu mir um.

Es war meine Schwester.«

Istanbul, 20. Dezember 1976

Liebe Adele,

nach langer Zeit schreibe ich Dir wieder, obwohl ich
mir fest vorgenommen hatte, es nicht mehr zu tun.
Seit meinem letzten Brief sind fast zwei Jahre vergangen, und wie nicht anders zu erwarten, hast Du
nichts von Dir hören lassen. Sei's drum! Mein Leben
spielt jetzt hier in Istanbul, unter dem ebenso launen-
haften wie magischen Himmel dieser Stadt, in all den
lebhaften Straßen mit dem Duft von Ingwer und
Zimt.
Es ist inzwischen auch fast zwei Jahre her, dass ich
den Hamam eröffnet habe. Ich habe die Becken
modernisieren lassen, die Armaturen und Hand-
waschbecken aus Marmor ausgetauscht und den
Wandschmuck erneuert. Die Mühe hat sich gelohnt,
der alte Glanz ist zurück! In kürzester Zeit ist es zu
einer festen Größe für alle geworden, die einen Ort
suchen, an dem ihr Geist Trost und ihr Körper Wonne
findet. Zu meiner Genugtuung kann ich behaupten,

dass der Hamam von heute im Vergleich zu dem, den
ich gekauft habe, ein echter Palast ist.

Du ahnst nicht, wie stolz ich darauf bin! Anfangs
war es harte Arbeit. Will eine Frau hier etwas
erreichen, muss sie doppelt so viel leisten wie in einem
westlichen Land und sich am Ende mit der Hälfte
des Gewünschten abfinden. Inzwischen bin ich aber
fast eine Berühmtheit.

Wenn Du wüsstest, welche Hindernisse ich über-
winden musste! Aber jetzt ist es geschafft. Im
Aynaların Sultan Hamam läuft alles wie am Schnür-
chen, und die Kundschaft wächst unablässig. Der
Name bedeutet übrigens Hamam vom Sultan der
Spiegel. So hieß das Bad schon immer. Nicht übel,
was? In den knapp zwei Jahren ist es eine feste
Einrichtung in Istanbul geworden. Es kommen sogar
Menschen von außerhalb, um es zu besuchen. Ich
betrachte es als meinen Tribut an die Stadt, die sich
mir gegenüber – einer italienischen Abenteurerin mit
leeren Taschen und dem Herzen voller Hoffnungen –
als so großzügig erwiesen hat.

Die Geschäfte gehen so gut, dass ich es mir erlauben
könnte, zu Hause zu bleiben und jemanden einzu-
stellen, der das Bad an meiner Stelle führt, aber
damit würde ich mich um das ganze Vergnügen
bringen, denn ich liebe es, mich dort aufzuhalten. Ich
sitze hinter einem kleinen Holztisch mit hübschen
Intarsien und nehme angenehme Gäste in Empfang.
Die treuesten kenne ich inzwischen recht gut.

Wenn sie etwas bedrückt, weiß ich, dass sie hier Trost und Aufmunterung suchen. Genau wie ich erkenne, ob sie sich Sorgen machen oder verliebt sind ... Ein Hamam ist ein seltsamer Ort. Hier werden Körper und Sitten gelockert. Viele meiner Freunde sind mir ausgesprochen dankbar dafür, dass ich ihnen für bestimmte Vorlieben einen lauschigen und diskreten Ort zur Verfügung stelle. Ansonsten brauche ich Dir ja nicht zu sagen, wie gern ich einen Mann glücklich mache.

Die Kunden plaudern mit mir, schütten mir ihr Herz aus und betrachten mich als ihresgleichen. Es ist eine Atmosphäre voller Vertrauen. Manchmal gönne ich mir den Spaß, die Gäste heimlich zu beobachten, wenn sie sich, eingehüllt in Dampfschwaden, miteinander unterhalten. Von etlichen angesehenen Familienvätern kenne ich eine Unmenge Geheimnisse, sodass sie mich fast stärker verehren als ihre hochgeschätzte Mutter. Selbst die Wohnung ist viel schöner geworden. Als ich sie zum ersten Mal gesehen habe, ist sie mir gar nicht so groß vorgekommen. Sie zieht sich über zwei Etagen, hat etliche Fenster und viel Licht. Teppiche, Bilder und ein paar Erinnerungsstücke habe ich schon verteilt, trotzdem bleibt noch viel freier Platz. In den letzten beiden Jahren hatte ich einige (wenige) Möbel aus meiner Ehe mit Ender im Geschäft eines Freundes abgestellt. Die konnte ich endlich wieder zu mir nehmen. Nach all der Zeit in einem Hotel hat mich allein der Gedanke, ganze Zimmer nach meinem

Geschmack einrichten und schmücken zu können,
Freudentänze aufführen lassen.

Nun lebe ich in einem Mikrokosmos, einer Mischung
aus keinem einzigen und allen Orten dieser Welt, ein
Gewirr aus Geschichten, Schicksalen und Zufällen.
Meiner Ansicht nach bin ich sogar geduldiger und
toleranter geworden. Missgeschicke, die mich früher
haben aus der Haut fahren lassen, perlen heute an
mir ab.

Hinter der Treppe liegt eine Tür, die mich direkt in
den Hamam bringt, sodass ich nicht einmal das Haus
verlassen muss, um in mein Königreich zu gelangen.
Von frühmorgens bis spätabends residiere ich
zwischen Samtkissen auf meinem strategischen Posten.
Es konnte nicht ausbleiben, dass ich mir schon ein paar
Rundungen zugelegt habe, doch das schert mich nicht
weiter. Zusammen mit meiner langhaarigen grauen
Katze behalte ich das Vestibül im Auge. Nebenbei achte
ich darauf, dass meine Angestellten es nie an weichen
Handtüchern oder Seife fehlen lassen, und kontrolliere,
ob das Wasser die richtige Temperatur hat und die
Marmorbecken sauber sind. Einen der Männer, die
für mich arbeiten, habe ich zudem gebeten, mir
beizubringen, wie man jemanden so massiert, dass der
Geist durch diese Behandlung des Fleisches Linderung
erfährt. Das ist eine alte Kunst, die ebenso sinnlich
wie spirituell ist.

Das Wetter wird nun immer schlechter. Morgens pfeift
von Norden her ein eisiger Wind, der Dir ins Mark

*dringt. Trotzdem platze ich derart vor Energie, als
wäre um mich herum ewiger Frühling ausgebrochen.
Im Grunde stimmt das sogar, denn nach dem Frühstück schlüpfe ich in leichte Kleidung, begebe mich in
meinen Hamam und kuschle mich dort in warme
Dämpfe. Hier hat der strenge Winter keinen Zutritt.
Dieses Jahr will ich sogar Weihnachten ignorieren. Das
ist der beste Weg, um mich gegen die Melancholie zu
feien, die dieser Feiertag unweigerlich für mich mit
sich bringt. Das Konsulat richtet traditionell ein Fest
aus und lässt dafür eigens Sekt und Panettone aus
Italien kommen. Ich habe schon so oft an diesen
Empfängen teilgenommen, dass ich sie nicht mehr
auseinanderhalten kann, aber mit Sicherheit habe ich
mich bei keinem einzigen amüsiert. Nicht einmal, als
Dario noch hier lebte und wir uns auf eine kleine
Polsterbank zurückgezogen haben, um den neuesten
Tratsch auszutauschen und die Kleidung der Damen
ebenso zu kommentieren wie die Affären ihrer Ehemänner. Unser Gekicher hat sich in dieser Atmosphäre
gekünstelter Herzlichkeit immer fehl am Platze
ausgenommen. Deswegen habe ich die Einladung
dieses Jahr abgelehnt. Weihnachten erinnert mich an
die Freunde, die nicht mehr da sind, an die Träume,
die geplatzt sind, und die Lieben, die verflossen sind.
Vor allem aber erinnert es mich daran, dass ich ein
schlechter Mensch bin und mutterseelenallein dastehe.
Weihnachten beschwört Bilder einer Vergangenheit
herauf, die nicht aufhört, mich zu quälen.*

*Gleich muss ich aufbrechen. Vorher will ich Dir aber
noch erzählen, dass ich bei einem Maler mein Porträt
in Auftrag gegeben habe. Jeden Montagabend fahre ich
nun ans andere Ende der Stadt, um ihm Modell zu
sitzen. Da er ein sehr penibler Künstler ist, habe ich
keine Ahnung, wann er fertig sein wird.
Und Du? Was treibst Du so? Hast Du eine Arbeit?
Eine Familie? Einen Mann, der Dich liebt?
Mir ist klar, dass dieser Brief eine Farce ist. Das gilt
für alle meine Briefe, die ich Dir im Laufe der Jahre
geschrieben habe, vom ersten einmal abgesehen. Der
hat mich ein paar Monate später wieder erreicht.
Du hast ihn nicht einmal geöffnet. Die anderen Briefe
hat das gleiche Schicksal ereilt. Trotzdem habe ich
nie aufgehört, Dir zu schreiben. Es ist die einzige
Möglichkeit, die mir geblieben ist, um mich Dir nahe
zu fühlen. Jedes Mal, wenn wieder ein Brief bei mir
landet, nehme ich mir fest vor, Dir keine weiteren
zu schicken, doch am Ende behält die Hoffnung,
Antwort von Dir zu erhalten, stets die Oberhand.
Beim Schreiben meine ich, Du würdest vor mir sitzen,
an einem starken Kaffee nippen und lächeln.
Vor ein paar Wochen habe ich auf dem Markt einen
Kanarienvogel gekauft, den ich Cilli genannt habe.
Er leistet mir Gesellschaft. Dass er genauso einsam ist
wie ich, macht ihm überhaupt nichts aus. Im Gegenteil,
er scheint rundum glücklich zu sein. Die Einsamkeit
ist die Kraft, die ihn aufrecht hält.
Wenn ich ihn in seinem kleinen goldenen Käfig singen*

höre, halte ich mir stets vor Augen, wie frei ich bin. Frei zu lieben, wen ich möchte. Frei, mich ohne Groll zu erinnern.

Wie ist es mit Dir?

Deine Schwester

Ich traute meinen Augen nicht. Was machte Elsa hier in Rom? Wieso hatte sie mir nicht gesagt, dass sie kommt? Und wieso trank sie zusammen mit meinem Mann einen Espresso?«

Es kostet Adele enorme Überwindung weiterzusprechen, doch alle haben den Eindruck, ihr Geziere sei nur gespielt. Vielleicht ist Adele gar nicht so zugeknöpft, wie sie alle glauben machen möchte. Vielleicht findet sie sogar Gefallen daran, auch die anstößigsten Details ihrer Geschichte auszubreiten.

»Kaum hatte Vittorio mich bemerkt, sprang er auf. Er schien gleichermaßen überrascht und erleichtert, mich zu sehen. Der eifersüchtige Teil in mir schlug Alarm, der rationale sehnte sich nach einer simplen und banalen Erklärung – und sie folgte tatsächlich.

›Dieser Tag steckt voller Überraschungen!‹, rief Vittorio fröhlich und rückte mir einen Stuhl zurecht, damit ich mich zu ihnen setzte.

Er erklärte mir, dass er nach dem Treffen mit einem Klienten auf dem Rückweg in seine Kanzlei gewesen sei, als er rein zufällig Elsa über den Weg gelaufen sei. Er habe ebenso wenig fassen können wie ich, dass sie in Rom war. Sofort habe er sie eingeladen, mit ihm einen Espresso zu trinken und ihm in aller Ruhe zu berichten, was sie hierher verschlagen und warum sie uns ihre Ankunft nicht vorher mitgeteilt habe. Elsa selbst brachte kein einziges Wort heraus. Ihr Blick klebte derart fest an der noch vollen Tasse, als brächte sie es nicht fertig, ihn davon zu lösen.

Ich hatte sie seit Wochen nicht mehr gesehen und fand sie abgemagert. Überhaupt war ihre ganze Erscheinung nicht gerade glänzend. Sie wirkte bedrückt und verwirrt und schien kurz davor, in Tränen auszubrechen.

Vittorio rief den Kellner und bestellte einen Espresso für mich. Während wir darauf warteten, machte sich eine merkwürdige Stille zwischen uns breit. Nicht einmal die Geräusche, die aus dem Café zu uns herausdrangen, konnten sie wirklich vertreiben. Mir fiel auf, dass Elsa nervös eine Papierserviette zwischen ihren Fingern zerknüllte und in kleine Stücke riss, ganz wie sie es als kleines Mädchen getan hatte, wenn sie von unserer Mutter zu Unrecht gescholten wurde. Deshalb habe ich mich sofort gefragt, was sie umtrieb. Als ich von ihr wissen wollte, ob zu Hause irgendetwas vorgefallen sei, gab sie nur zögerlich Auskunft. Mühsam gelang es mir immerhin, ihr einige Wörter aus der Nase zu ziehen. Eigentlich war nichts weiter passiert. Sie hatte sich bloß einmal zu viel mit unserer Mutter gestritten und dann ein paar Kleider in einen Koffer gestopft, ihre Ersparnisse zusammengeklaubt und mit lautem Türgeknalle das Weite gesucht.

›Wie lange bist du denn schon in Rom?‹, habe ich sie gefragt. Da sie kein Gepäck bei sich hatte, vermutete ich, dass sie sich schon irgendeine Unterkunft besorgt hatte. Als sie das bestätigte, konnte ich es erst recht kaum glauben, doch genauso war es.

Elsa teilte mir in knappen Worten mit, sie sei vor einer Woche in Rom eingetroffen. Sie habe sich ein Zimmer in einer Pension ganz in der Nähe genommen. Wenn sie sich bisher noch nicht bei uns gemeldet habe, dann nur, weil sie uns nicht zur Last fallen wolle. Nun müsse sie dringend eine Arbeit finden, doch das sei nicht leicht. Bei jeder Frage meinerseits schaute sie erst kurz zu Vittorio hinüber. Bestimmt schüchtert er sie ein, erklärte ich mir ihre wortkargen Antworten. Wenn wir erst unter vier Augen miteinander reden, bittet sie mich aber vermutlich, sie bei uns wohnen zu lassen. Jetzt aber hemmt sie Vittorios Anwesenheit. Mit Sicherheit befürchtet sie, uns Umstände zu bereiten, schließlich dürfte es keinem frischgebackenen Ehemann gefallen, mit seiner Schwägerin unter einem Dach zu wohnen, noch dazu auf unbestimmte Zeit. Auch in diesem Punkt sollte ich mich täuschen, aber damals ahnte ich die Wahrheit nicht einmal.«

Natürlich wollen alle im Raum fragen, wie diese Wahrheit denn nun ausgesehen habe, doch sowohl Adeles Ton als auch ihr Blick halten sie davon ab. Das ist noch nicht der geeignete Moment. Die Wahrheit braucht Zeit, um enthüllt zu werden, und Adele ist noch nicht bereit dafür.

Doch selbst wenn eine Wahrheit offen daliegt, lässt sich dann wirklich zweifelsfrei behaupten, dass es nur diese eine gibt? Nur diese eine Version der Geschichte?

»Elsa wiederholte gebetsmühlenartig, sie wolle uns nicht stören. Fast, als habe ihre Platte einen Sprung. Ich aber bestand darauf, dass die Wohnung groß genug sei und sie bei uns bleiben könne, so lange sie wolle. Als ich Vittorio aufforderte, auch ein Wort zu sagen, schien er überrascht. Doch der Gedanke, die Rolle des Retters einer jungen Dame in Not zu übernehmen, gefiel ihm auf Anhieb. Sofort legte er sich ins Zeug. In einem Ton, der keinen Widerspruch duldete, beendete er die Diskussion und erklärte, Elsa könne nicht in einer tristen Pension leben. Das würde er niemals gestatten. Seine Worte machten mich unglaublich stolz. Wir waren wirklich eine Familie!

Elsa dankte ihm mit Tränen in den Augen. Allerdings wirkte sie immer noch nicht erleichtert, sondern eher von unserer Großzügigkeit überrumpelt. Inzwischen war es spät geworden, und Vittorio musste zurück in die Kanzlei. Als wir uns trennten, versprach er, sich um Elsas Gepäck zu kümmern und nachher in der Pension vorbeizugehen, um es abzuholen.

›Warte!‹, rief ich ihm hinterher, als er schon davonstürmte. ›Wie willst du die Pension finden? Elsa hat dir ja nicht einmal den Namen genannt.‹

›Danach habe ich sie längst gefragt. Noch ehe du zu uns gestoßen bist‹, hat er wie aus der Pistole geschossen geantwortet, aber dennoch nicht schnell genug, um Elsa

daran zu hindern, mit Nachdruck auszurufen: ›*Andreotti!*
Pension *Andreotti!*‹

Die Arme!, dachte ich. Sie hat sogar vergessen, was sie
ihm eben gerade gesagt hat. Sie muss wirklich den Kopf
verloren haben. Mir quoll das Herz über. Nun fühlte ich
mich ihr wieder so nahe wie damals, als wir klein waren
und uns unsere Zukunft in bunten Farben ausgemalt
haben, versteckt hinter dem Lorbeerstrauch, der uns groß
wie ein ganzer Wald erschien. Spontan griff ich mit beiden Händen nach ihrer Rechten und drückte sie sanft,
doch sie reagierte nicht. Es war, als würde ich einen Mar-
morblock anfassen, der kalt, hart und glatt war. Auf dem
Weg nach Hause grübelte ich die ganze Zeit darüber
nach, wer diese junge Frau, die neben mir herlief, eigentlich war.«

Die warme Sonne sendet ihre letzten Strahlen auf das
Parkett des Bodens. Der Blick von Adele Conforti tastet
sich über die Wände des Raums, ohne irgendwo länger
zu verweilen. Mit Sicherheit sieht sie gerade eine andere
Wohnung vor ihrem inneren Auge. Eine Wohnung, die
nur noch in ihrer Erinnerung existiert.

Auch ihrem Publikum scheint es die Sprache verschlagen zu haben. Sergio ist in die Küche gegangen, um
weitere Gläser zu besorgen, und schenkt bis auf Annamaria allen ungefragt Cognac ein. Sie müssen etwas Starkes trinken, um zu verdauen, was sie eben gehört haben.
Das gilt sogar für Giovanna, die sonst höchstens ein Glas
Wein trinkt. Niemand bringt einen Ton hervor. Sie alle
fürchten, dadurch den hypnotisierenden Strom von Erin-

nerungen zum Stocken zu bringen, und hoffen inständig, Adele möge sich von ihm bald weitertragen und in den nächsten Strudel einer verstörenden Wahrheit bringen lassen. Hatte Elsa ein Geheimnis? Warum war sie nach Rom gekommen, ohne ihren Besuch vorher anzukündigen? Diese Fragen beschäftigen die Freunde, darüber zerbrechen sie sich den Kopf. Denn von jedem einzelnen Wort dieser Geschichte geht eine vage Bedrohung aus.

Als Adele weiterspricht, fühlen sich daher alle aus unerklärlichen Gründen erleichtert.

»Obwohl ich unsterblich in Vittorio verliebt war, bin ich mir immer der Tatsache bewusst gewesen, dass meine Heirat auch mein Weg war, der bedrückenden Atmosphäre in meinem Elternhaus zu entkommen. In gewisser Weise war es meine Art von Flucht.«

Die letzten Worte bringt sie im Flüsterton hervor. Sie sieht nacheinander alle an, als suchte sie Zustimmung. Schließlich nimmt sie den Faden ihrer Erzählung wieder auf.

»Deshalb wunderte es mich überhaupt nicht, dass Elsa es ohne mich nicht mehr in Viterbo ausgehalten hatte. Unser Vater ließ sich kaum noch zu Hause blicken, sondern verbrachte seine Nächte immer häufiger in der Akademie, wo er eine kleine Privatunterkunft hatte. Offiziell hieß es, der jüngste Personalabbau im Verwaltungsapparat bringe für ihn extrem viel Arbeit mit sich, aber selbstverständlich waren alle über die wahren Gründe im Bilde. Mein Vater konnte der Frau, die er geheiratet hatte, einfach kein Paroli bieten. Er ertrug ihr zerstörerisches

Wesen nicht mehr, doch auch er hatte eine Fluchtmöglichkeit für sich entdeckt. Um unsere Mutter aber war es von Tag zu Tag schlimmer bestellt.

Heute ist eine psychische Krankheit kein Tabu mehr, doch damals zog der Besuch beim Psychiater oder Psychoanalytiker noch gesellschaftliche Ächtung nach sich. Daher hat man versucht, bestimmte Probleme so lange wie möglich zu ignorieren und sie unter Schichten von Familienleid zu vergraben. Wir haben niemals erfahren, woran genau unsere Mutter litt. Heute würde man ihre Krankheit wahrscheinlich als bipolare Störung bezeichnen und mit einer speziellen Behandlung womöglich sogar in den Griff bekommen. Damals aber wütete die Krankheit ungehindert. Unsere Mutter war mit Sicherheit ihr erstes Opfer, doch hat sie im Namen dieser Krankheit auch gemeuchelt und uns gefoltert. Während ihrer Anfälle – und diese folgten immer rascher aufeinander und dehnten sich immer länger aus – war ihr jeder Vorwand recht, um uns zu quälen. Nachdem ich aus dem Haus gegangen war, stellte natürlich Elsa ihr bevorzugtes Opfer dar. Ihr ganzes Leid, das sich in langen Jahren blinder Wut in ihr aufgestaut hatte, ließ sie an meiner Schwester aus. Als ich Elsa fragte, ob denn wenigstens Tante Giustina versucht habe, die Wogen zu glätten, schnaubte sie nur und verdrehte die Augen zum Himmel. ›Was verlangst du denn von der armen Frau?‹, fragte sie lapidar zurück. ›Ihre Versuche sind rührend, mehr aber auch nicht.‹

Ihre Antwort verwirrte mich und schien mir übertrieben hart gegen unsere Tante gerichtet.

Wir saßen uns am Tisch in der Küche gegenüber. Vittorio kam nie zum Mittagessen nach Hause, weshalb ich um diese Zeit meist nur einen kleinen Imbiss zu mir nahm. Für Elsa hatte ich extra gekocht. Auch ein bisschen Schinken und Salat kamen auf den Tisch. Doch Elsa stocherte nur in den Makkaroni herum und schob sie mit der Gabel von einer Seite des Tellers auf die andere. Sie hat das Elend doch nun schon seit ein paar Tagen hinter sich, dachte ich bei mir. Wenn sie immer noch keinen Appetit hat, muss es wirklich schlimm gewesen sein.

In ein paar Stunden würde Vittorio von der Arbeit nach Hause kommen. Ohne ersichtlichen Grund wühlte mich der Gedanke auf. Elsa dagegen schien jetzt völlig zur Ruhe gekommen zu sein, gar kein Vergleich mehr zu ihrer Verfassung heute Vormittag im Café. Sie saß gesittet da, die Hände im Schoß. Das war nicht mehr die junge, etwas schroffe und introvertierte Frau mit ihren geheimen Träumen, die ich in Viterbo zurückgelassen hatte. Einmal mehr beschlich mich das beunruhigende Gefühl, eine Fremde vor mir zu haben. Mir brannten unzählige Fragen unter den Nägeln, doch ich stellte keine einzige. Ihre unterkühlte Ruhe verhinderte das. So bat ich sie nur, weiterzuerzählen. Was hatte sie veranlasst, von zu Hause wegzugehen? Da endlich gestand sie mir, geschlagen worden zu sein.

Alles ging mit dem üblichen Gezänk unserer Mutter los. Eines Tages beschuldigte sie Elsa, eine Tür laut zugeknallt zu haben, nur um sie zu ärgern. Sie überzog meine

Schwester mit wüsten Beschimpfungen, doch war all dies der übliche Vorwand, um ihre ureigene Wut auszuleben – hatte Elsa ihr gesagt. Nie zuvor hatte sie sich gegen unsere Mutter zur Wehr gesetzt, die ihr daraufhin eine schallende Ohrfeige verpasste. Elsa flüchtete sich sofort ins Bad. Ihre Wange brannte, und aus der Nase schoss Blut. Sie wusch sich das Gesicht und stoppte die Blutung irgendwie. Bei dem Schlag hatte der schwere Goldring, den unsere Mutter am rechten Ringfinger trug, Elsa übel erwischt. Mit verweinten Augen betrachtete Elsa ihr malträtiertes Gesicht. Über ihrem linken Wangenknochen sei noch immer ein blauer Fleck zu erkennen, hat sie mir gesagt und dann ihr Haar hinters Ohr geschoben, um ihn mir zu zeigen.

Wie Elsa gestand, habe auch sie in dem Moment Wut in sich hochkochen gespürt. Eine Wut, wie sie sie noch nie empfunden habe und die wesentlich schmerzhafter gewesen sei als die Ohrfeige. Es habe für sie nur eine Möglichkeit gegeben, sich wieder zu beruhigen, und die habe darin bestanden, sofort fortzugehen. Deshalb sei sie in ihr Zimmer gerannt, habe sich eine Tasche geschnappt und wahllos ein paar Kleider, Unterwäsche sowie ein Paar Ersatzschuhe hineingestopft. Beim Verlassen des Hauses wollte unsere Tante sie noch zurückhalten. Giustina war in Tränen aufgelöst und folgte Elsa bis an die Tür, doch meine Schwester reagierte nicht. Schnellen Schrittes eilte sie davon, ohne sich auch nur einmal umzudrehen. Die Sonne ging schon langsam unter, bald würde es dunkel sein, doch auch das brachte Elsa nicht von ihrem Vorhaben ab. Ziellos stürmte sie weiter, bis sie plötzlich vor dem Bahnhof stand. Der nächste Zug fuhr nach Rom. Den hat sie genommen.

Bei ihrem überstürzten Aufbruch hatte sie vergessen, ihr Notizbuch mit meiner Telefonnummer und meiner Adresse einzustecken. Sie erinnerte sich nur noch an den Namen des Viertels, Testaccio, und dass die Straße, in der wir wohnten, zu einem Platz führte, der genauso hieß. Da sie nur diese spärlichen Hinweise besaß, wollte sie sich zunächst ein Zimmer in einer Pension im Viertel nehmen. Von diesem Stützpunkt aus wollte sie sich dann auf die Suche nach mir machen. Das stellte sich als schwieriger heraus als gedacht. Wäre sie an diesem Morgen nicht rein zufällig Vittorio über den Weg gelaufen, wer weiß, wie viel Zeit es sie noch gekostet hätte, mich aufzuspüren.

›Ich kann kaum glauben, dass du schon eine Woche hier bist!‹, habe ich fassungslos ausgerufen. ›Warum hast du nicht einfach Papa angerufen und nach meiner Nummer gefragt?‹

Diese Frage hat sie mir aber nicht beantwortet. Stattdessen hat sie nur gesagt: ›Du kannst dir nicht vorstellen, wie erleichtert ich gewesen bin, als eine vertraute Stimme meinen Namen rief! Vittorio hat mich bemerkt, ich selbst hätte ihn glatt übersehen!‹

Während sie sprach, starrte sie auf ihren Teller, als könnte sie meinen Blick nicht ertragen. Das erweckte bei mir sofort den unangenehmen Eindruck, sie würde mir etwas verheimlichen. Vielleicht hatte ihre Flucht aus Viterbo ja ausnahmsweise nichts mit unserer Mutter zu tun. Möglicherweise hatte Elsa etwas angerichtet, das sie selbst mir nicht gestehen wollte. Sollte das der Fall sein, würde es rein gar nichts bringen, ihr jetzt mit weiteren Fragen zuzusetzen. Früher oder später würde sie es mir schon von sich aus sagen.

Ich zeigte ihr das Zimmer, in dem sie sich einrichten konnte. Wie der Zufall es wollte, hatten wir vor drei Tagen eine bequeme Schlafcouch gekauft. Vittorio hatte die Idee dazu und mich überzeugt, dass es äußerst bequem wäre, falls wir unerwartet Besuch kriegen sollten. Jetzt war ich ihm dankbar dafür. Er hatte den richtigen Riecher. Allmählich realisierte Elsa, dass sich alles in Wohlgefallen aufgelöst hatte, und wirkte ausgesprochen erleichtert. Auch meine anfängliche Verwirrung verwandelte sich in reine Begeisterung. Erst jetzt, als ich wieder die Möglichkeit haben sollte, meinen Alltag mit meiner Schwester zu teilen, wurde mir klar, wie sehr sie mir in all den Monaten gefehlt hatte. Und endlich waren auch die beiden Menschen unter einem Dach vereint, die ich am meisten auf der Welt liebte. Eine wunderbare Vorstellung! Was war ich damals nur für ein Dummerchen! Ich hatte nicht die geringste Ahnung, worauf ich mich da eingelassen hatte.«

Istanbul, 10. Oktober 1977

Liebe Adele,

*in diesen Tagen zu Beginn des Oktobers verwandelt
Istanbul sich schlagartig in eine graue Stadt. Dann
ist der Sommer plötzlich zu Ende, und jedes Jahr
wundere ich mich aufs Neue darüber. Vielleicht liegt
das daran, dass ich mich seit meiner Ankunft ununter-
brochen wie im Urlaub fühle. Wenn dann der Herbst
so überraschend, so ohne jedes Vorzeichen, Einzug
hält, wandern meine Gedanken nach Italien, und
Melancholie überwältigt mich. Morgens wache ich auf
und stelle mir vor, dass auch Du gerade aufgestanden
bist. Dann frage ich mich, was Du wohl tust oder
was Du zum Frühstück isst. Ob Du Dir eine Strick-
jacke angezogen hast, um Dich gegen die Kälte zu
schützen. Und ob Du an mich denkst, wenigstens
manchmal.*
*Mir passiert das immer öfter. Ist das nicht merk-
würdig? Je weiter die Zeit voranschreitet, desto
weniger will ich vergessen. Als ich vor etwa acht*

Jahren hier angekommen bin, sahen meine Vorsätze
noch ganz anders aus. Da wollte ich nur an die
Zukunft denken. Hier erwartete mich ein neues, ein
elektrisierendes und aufregendes Leben, und ich wollte
nichts anderes, als mich kopfüber in diese neue Welt
hineinzustürzen. Nur wenige Menschen haben das
Glück, eine zweite Chance zu erhalten, und ich hatte
mir meine redlich verdient. Dafür habe ich auf meine
Vergangenheit verzichtet, auf Sicherheit und auf
die vertrauten Orte, an denen ich aufgewachsen bin.
Auf Dich. Schon damals wusste ich, dass ich nie
mehr zurückkonnte. Doch nur indem ich auf all das
verzichtete, was mir lieb und teuer war, konnte ich
auch die Fehler hinter mir lassen. Sie würde ich
kein zweites Mal begehen. So bin ich zu einer ganz
anderen Frau geworden, nach meiner Flucht wie
neugeboren.

Bevor ich aus Italien weggegangen bin, hätte ich mich
gern ohne jeden Groll von Dir verabschiedet, so wie es
zwei Freundinnen tun, die darauf hoffen, sich eines
Tages wiederzusehen. Aber das hast Du mir verboten.
Damals habe ich getobt, aber heute verstehe ich Dich.
Gerade habe ich das einzige Foto, das ich aus meinem
früheren Leben noch besitze, aus der Schublade geholt.
Es ist längst abgegriffen, weil ich es so oft in Händen
gehalten habe, um es wieder und wieder zu betrachten.
Es zeigt uns beide im Garten. Du bist zwölf Jahre
alt, ich zehn. Wir tragen beide das gleiche geblümte
Sommerkleid. Unsere Mutter hatte immer noch ihren

*Spaß daran, uns als Zwillinge auszugeben. Wir
stehen stocksteif da, zittern aber schon vor Verlangen,
endlich davonzurennen. Unsere Beinmuskeln sind
angespannt, um gleich loszuschießen. Unsere Augen
funkeln.*

*Ich erinnere mich noch, dass unser Vater das Foto
gemacht hat und wir schnellstens in unser Versteck
hinter dem Lorbeerstrauch wollten. Bestimmt hatte ich
dir gerade noch ein Geheimnis ins Ohr geflüstert oder
von irgendeiner sensationellen Entdeckung berichtet,
denn du lächelst mich an. Heute weiß ich nicht mehr,
worum es ging, aber mit Sicherheit war es nichts von
Bedeutung. Der kleinste Vorwand reichte uns damals
aus, um hinter den Strauch zu schlüpfen und wie zwei
Verschwörerinnen mit gesenkter Stimme zu tuscheln,
unser Lachen zu unterdrücken und uns die unwahr-
scheinlichsten Erklärungen für inexistente Mysterien
auszudenken.*

*Du hast ebenfalls einen Abzug von diesem Bild. Er
hängt in einem Silberrahmen über der Kommode in
Deinem Wohnzimmer. Manchmal frage ich mich, ob
das Bild seinen Platz behalten hat. Vielleicht hast Du
es ja irgendwo verstaut, wo Du es nicht mehr siehst.
Oder sogar weggeworfen.*

*Was ist geschehen, Adele? Warum ist ein so starkes
Gefühl auf derart schmerzhafte Weise kaputtgegangen?
Warum haben wir uns so verletzt?*

*Wenn ich etwas bedaure, dann das. Es ist der einzige
Grund, aus dem mich gelegentlich Melancholie erfasst.*

Du hast Dir meine Version der Geschichte nie anhören wollen. Deswegen habe ich Dich gehasst, auch wenn ich im Laufe der Jahre verstanden habe, warum Du Dich geweigert hast. Vielleicht hätte ich es nicht anders gehandhabt, aber das hätte die Sache nicht richtiger gemacht. Wenn Du mich angehört hättest, statt mir aus dem Weg zu gehen, hättest Du mir am Ende vielleicht auch nicht vergeben, doch dann hätte ich Dir wesentlich leichter vergeben können.

Vittorio war nicht der Mann, den Du in ihm hast sehen wollen. Ich war damals eine naive und unbedarfte junge Frau, doch ich habe recht schnell und obendrein zu einem hohen Preis lernen müssen, wer er wirklich war, und ebendiesen Kern zu lieben, denn die Kraft, ihm zu widerstehen, die fehlte mir. Das ist die Schuld, die ich auf mich geladen habe.

An dem Tag, an dem ich Vittorio kennenlernte, habe ich mich auch schon hoffnungslos in ihn verliebt. Es war das einzige Mal, dass ich ohne Dich zu einem Fest ging. Er hat mich nur angesehen, da gehörte ich schon ihm. Dann hat er mich angesprochen, zum Tanz aufgefordert, mir ein Erfrischungsgetränk besorgt und mich zum Erröten gebracht, indem er mich mit Komplimenten überhäufte … Hätte er mir an diesem Tag die kalte Schulter gezeigt, wäre es trotzdem um mich geschehen gewesen, denn ich war seinem Zauber restlos verfallen.

Als ich nach Hause kam, hatte ich vor Glück schier den Verstand verloren. Ich konnte es nicht erwarten,

ihn endlich wiederzusehen, und zählte die Tage, die
Stunden und die Minuten. Als es endlich so weit war,
hatte er auf der größten Geburtstagsfeier in jenem
Sommer voller Festlichkeiten schlagartig keine Augen
mehr für mich, weil seine ganze Aufmerksamkeit nur
noch Dir galt. Als ich ansetzte, etwas zu sagen, hast
Du mich übertönt. Als ich ihn anlächelte, hast Du Dich
vor mich gestellt. Ich hatte so gehofft, er würde mich
wieder zum Tanz auffordern, aber da hattest Du ihn
schon bei der Hand gefasst und ihn in die Mitte des
Saals gezogen. Und die ganze Zeit über hast Du
hemmungslos gelacht. Du hast ihn mir abgejagt, ohne
Dich je zu fragen, ob Du mir damit das Herz brichst.
Und er … Er hat mir links und rechts einen sanften
Klaps auf die Wange gegeben, wie man es bei einem
kleinen Mädchen oder einer Katze macht, und mir
dann den Rücken zugedreht, denn er hatte jetzt eine
aufregendere Beute, die er jagen wollte. Noch dazu
eine Beute, die es gar nicht abwarten konnte, erlegt zu
werden. So habt Ihr Euch verlobt. Und dann hat er
Dich geheiratet.
Schon bald hat er es bereut.
Erinnerst Du Dich, wie Du uns in diesem Café
gesehen hast? Natürlich sind wir uns nicht rein
zufällig begegnet. Als ich Dir die Geschichte auftischte,
dass ich mit Mama Streit hatte, habe ich nicht
gelogen – aber es war Vittorio, der mich nach Rom
holte. Seit Monaten schon hatten wir uns heimlich
getroffen. Vittorio ist einmal unter der Woche nach

*Viterbo gekommen, um einen Klienten aufzusuchen.
Bei der Gelegenheit hat er mich abgepasst. Er hat in
der Nähe des Hauses gewartet, an einer Stelle, von
der er wusste, dass ich dort vorbeikommen würde.
Auf diese Weise hat alles angefangen. Am Nachmittag
bin ich zu ihm in die Villa seiner Eltern gegangen, die
über den Winter leer stand. Dort wurde ich seine
Geliebte. Hatte ich Schuldgefühle deswegen? Nicht
die geringsten! Denn in meinen Augen warst Du
diejenige, die ihrer Schwester den Mann ausgespannt
hatte. Außerdem versicherte mir Vittorio ständig, dass
Eure Ehe ein Desaster sei. Dich zu heiraten sei ein
Riesenfehler gewesen. Unsere Rendezvous fanden
immer in diesem kalten und unbewohnten Haus statt,
das nach Verlassenheit und Erde roch. Damals war ich
wirklich naiv und hatte von Sex nicht die geringste
Ahnung. Daher erwartete ich von ihm nichts als
romantische Liebe, während er meinen Körper
begehrte. So hat er mich in den Wonnen des Fleisches
unterwiesen. Er war mein Lehrer, ich seine Lieblings-
schülerin. Ich gab ihm alles, was er wollte, damit ich
ihm ja gefiel. Wir haben immer in einem der unteren
Zimmer Liebe gemacht, das blaue Wände und eine
Decke mit Blumendekor hatte. Er mochte es, wenn
ich wie ein kleines Mädchen Faltenröcke und eine
Bluse trug, die er, vor Verlangen bereits keuchend, ganz
langsam aufknöpfte. Die Bettwäsche war klamm, die
Kälte ließ mich zittern und mit den Zähnen klappern,
aber ich durfte mich erst bewegen, wenn er es mir*

*erlaubte. Er hat mir gesagt, was ich machen soll,
wie ich ihn berühren und in welcher Weise ich mich
hinlegen sollte. Sein Vergnügen war meines. Irgendwann beschleunigte sich unser Atem, und der Frost
verband uns in einer einzigen Dampfwolke.
An dem Abend, an dem ich von zu Hause geflüchtet
bin, war ich außer mir. Wer weiß, was ich ohne
Vittorio alles angestellt hätte. Er ist sofort mit dem
Auto nach Viterbo gekommen und hat mich nach Rom
gebracht. In einer Pension ganz in der Nähe seiner
Kanzlei hat er ein Zimmer für mich gemietet. Wir
beide waren uns darüber einig, dass Du besser nichts
von all dem erfährst. Nach einer Weile stellte sich bei
ihm jedoch ein Sinneswandel ein. Er kam mir nun
nervös, gleichzeitig aber auch aufgeregt vor. Als hätte
er seit Langem einen Plan ausgeheckt, den er nun
endlich in die Tat umsetzen wollte. Eines Morgens
erklärte er mir, wir müssten miteinander reden,
denn so könne es auf keinen Fall weitergehen. Mein
Zimmer wurde allmählich zu kostspielig. Für dieses
Gespräch hat er mich in das Café gebracht. Da bist
Du vorbeigekommen.
Er hat das absichtlich so eingefädelt. Wusstest Du das?
Mir hat er es nach einer Weile gestanden. Er wollte,
dass Du uns siehst. Dass Du mich aufforderst, bei Euch
zu wohnen. Dieser Vorschlag sollte unbedingt von
Dir kommen. Dann würde er unter einem Dach mit
seiner Frau und seiner Geliebten leben – und sein
Traum wäre in Erfüllung gegangen. Ohne Frage war*

er völlig pervers – und trotzdem blieb er für mich
ein Gott. Manchmal ein bösartiger, immer aber ein
unwiderstehlicher.

Heute wüsste ich nicht mehr zu sagen, was der Auslöser
war – aber nach und nach habe ich begriffen, dass
etwas nicht stimmt. Mit uns. Mit ihm. An wen aber
sollte ich mich mit meinen Zweifeln wenden? Du
wärst die Letzte gewesen. Mit jedem Tag, der
verging, wuchs meine Angst. Ich habe mir eine Arbeit
gesucht und versucht, möglichst lange außer Haus
zu bleiben, aber irgendwann musste ich ja heim-
kehren ...

Jede Nacht hat er mich aufgesucht. Er ist in mein
Zimmer geschlüpft und bis zum Morgengrauen bei
mir geblieben. Und Du? Du hast von all dem nichts
bemerkt! Ich konnte es kaum glauben! Mehr und mehr
fühlte ich mich gefangen. Gefangen in einem goldenen
Käfig. Diese Situation konnte ich nicht länger
ertragen. Er sollte sich wenigstens entscheiden. Für
wen, das spielte für mich schon keine Rolle mehr, denn
es wäre so oder so eine Befreiung gewesen.

Wer also trägt am Ende die größere Schuld? Wer hat
wem die Liebe gestohlen? Wer ist betrogen worden?
Wenn man erst einmal anfängt, das Grau zu erahnen,
das sich zwischen das Schwarz und das Weiß geschoben
hat, lassen sich diese Fragen immer schwerer beantworten. Weil Schuld auch Reue beinhalten kann. Oder
die Gewissheit, dass es unmöglich gewesen wäre,
anders zu handeln.

Inzwischen weiß ich, dass Du auch diesen Brief niemals lesen wirst, aber jeder Logik zum Trotz gebe ich die Hoffnung nicht auf.
Mit all meiner Liebe

Deine Elsa

Die Sonne steht schon tief und färbt den Horizont rosa. Schon bald wird sie ganz gesunken sein. In der Wohnung von Sergio und Giovanna schreitet die Zeit dagegen nicht voran. Niemand schaut mehr nach draußen. Alle Augen sind auf Adele gerichtet, diese vom Alter gezeichnete Frau mit den harten, fast männlichen Zügen und dem erschöpften, aber dennoch entschlossenen Gesichtsausdruck. Ihre Geschichte verlangt danach, zu Ende gehört zu werden.

»Mein Glück währte nicht lange«, ergreift Adele wieder das Wort. »Ich erkannte in Elsa kaum noch meine geliebte Schwester wieder, und auch Vittorio wurde mir gegenüber abweisender. Eben war er noch überglücklich, aber schon beim nächsten Wimpernschlag hatte ich einen düsteren und gequälten Mann vor mir. Damals wurden am Balkon einige Arbeiten vorgenommen. Wir hatten also die Handwerker im Haus, dann war da noch unsere Putzhilfe, doch meistens waren Elsa und ich allein. Ständig lag eine gewisse Spannung in der Luft. Ich führte sie darauf zurück, dass meine Schwester ein

schlechtes Gewissen hatte, weil sie unsere Gastfreund-
schaft in Anspruch nahm, sich aber nicht dafür revan-
chieren konnte. Vielleicht war sie auch besorgt, dass sie
trotz bester Absichten und trotz Vittorios Fürsprache
noch keine Arbeit gefunden hatte.

Was meinen Mann betraf … Vielleicht bereute Vittorio inzwischen seine Großzügigkeit und konnte es gar
nicht abwarten, dass seine Schwägerin endlich auszog.
Doch wenn ich die Sprache darauf brachte, wollte er
nichts davon hören. Ich hatte mich auch erboten, mit
meinem Vater zu sprechen, damit er Elsa eine kleine
Wohnung finanzierte, doch dieser Vorschlag brachte Vittorio derart auf, als hätte ich ihn persönlich beleidigt.

In dieser Zeit fing er an, über mein Äußeres herzuzie-
hen. Er behauptete, ich sei nur Haut und Knochen – und
so anziehend wie ein Kehrbesen, weil meine Beine dürr
wie vertrocknete Äste seien. Eines Abend schrie er mich
an, er habe die falsche Schwester gewählt. Elsa, ja, die
sei eine Frau! Sie würde einen Mann bestimmt in einer
Weise glücklich machen, die ich mir noch nicht einmal
im Traum vorstellen könne. Kaum brach ich verzweifelt
in Tränen aus, war er wieder die Sanftmut in Person. Als
hätte er sein Ziel erreicht. Er nahm mich in die Arme und
versicherte mir zum x-ten Mal, wie sehr er mich liebte. Es
läge alles nur an seiner Arbeit und an all dem Hässlichen,
den Lügen und dem Verrat, mit dem er es zu tun habe. All
das lasse ihn mitunter den Kopf verlieren und selbst hässlich werden, versicherte er mir zwischen den einzelnen
Küssen. Obwohl wir uns dann mit der üblichen Leiden-

schaft liebten, fühlte ich mich so erniedrigt wie noch nie zuvor in meinem Leben. Und wie er über meine Schwester geredet hatte! Wie konnte er das wagen?!

Am liebsten hätte ich mich bei ihr ausgeweint, schließlich war sie meine beste Freundin und engste Vertraute, doch etwas hielt mich zurück. Scham wohl. Verlegenheit. Und auch der sechste Sinn, wie ich heute hinzufügen würde.«

Adele verstummt. In ihren Blick hat sich ein stahlharter Ausdruck gelegt. Die Vergangenheit steht ihr vor Augen, all die alten Wunden und Verletzungen. Ihre Miene spiegelt die Entschlossenheit einer Frau wider, die weder vergibt noch vergisst.

»Die ganze Zeit schaute ich der Wahrheit ins Gesicht – und sah sie doch nicht. Lange hätte ich die Augen allerdings nicht mehr vor ihr verschließen können, denn es gab zu viele Hinweise. Jedes Mal ließ ich mir für diese Zeichen irgendeine fantasievolle Erklärung einfallen, die naiver und abstruser nicht sein konnte. Es hatte eine Zeit gegeben, da meinte ich, durch unsere Wohnung flöge das Echo unserer Liebe. Aber vielleicht hatte ich mir auch das nur eingebildet …? Nun aber hallten darin nur noch schrille Töne wider. Ich gestand mir nur wenige Momente schmerzlicher Klarheit zu, und dann meinte ich zu hören, wie die Spiegel platzten und das Glas in tausend Stücke zerbarst.

Die Tage vergingen, doch die Dinge verbesserten sich nicht, sondern wurden nur schlimmer und schlimmer. Elsa ging mir demonstrativ aus dem Weg. Irgendwann verkündete sie, in einem kleinen Verlag eine Stelle als Sekretärin gefunden zu haben. Nun verließ sie schon früh am Morgen das Haus und kehrte erst spät am Abend wieder heim. Eines Tages habe ich sie vom Fenster aus in Begleitung eines jungen Mannes mit blondem Haar gesehen. Die beiden waren auf dem Weg zu uns. Plötzlich bog auch Vittorio um die Ecke. Kaum bemerkte er Elsa, steuerte er auf sie zu. Etwas Bedrohliches ging von ihm aus. Die drei waren zu weit weg, als dass ich hätte verstehen können, worüber sie sprachen, aber ich sah, wie sich Elsas Gesichtsausdruck veränderte. Sie verabschiedete sich in aller Eile von ihrem Begleiter und folgte Vittorio mit gesenktem Kopf ins Haus. Er schäumte vor Wut. Er verhält sich ja wie ein betrogener Ehemann, schoss es mir durch den Kopf, doch diesen Gedanken verscheuchte ich so energisch, wie man es mit einer besonders lästigen Fliege tut.

Da ich seit einiger Zeit an Schlaflosigkeit litt, hatte mir mein Arzt ein entsprechendes Mittel verschrieben. Wenn die Stunde, ins Bett zu gehen, gekommen war, brühte Vittorio mir nun regelmäßig einen Tee auf, in den ich dann mein Medikament gab.

›Für deine Tropfen‹, sagte er immer, wenn er die Tasse auf den Nachttisch stellte und mir einen Kuss auf die Stirn drückte.

Diese fürsorgliche Geste rief mir seine romantischen Einfälle aus unserer ersten Zeit in Erinnerung. Daran klammerte ich mich mit ganzer Kraft. Noch ist nicht alles verloren, sagte ich mir. Unter der Asche glimmt noch

Feuer. Trotz seiner hässlichen Entgleisungen liebt er dich, wiederholte ich mir ein ums andere Mal mit frisch gewonnenem Mut, bevor ich in einen ohnmachtsartigen Schlaf fiel. Eines Abends litt ich allerdings unter Magenproblemen und erbrach alles, was ich zu mir genommen hatte, auch das Beruhigungsmittel. Vittorio bekam das gar nicht mit. In der Nacht hörte ich, wie er sich erhob. Da er nach einer guten Stunde nicht zurück war, wollte ich nachsehen, wo er steckte. Im Korridor vernahm ich ein gedämpftes Geräusch. Ich erkannte es auf der Stelle, wollte der Wahrheit aber nicht ins Gesicht sehen. Da machte jemand Liebe. Ich schlich mich zur Tür von Elsas Zimmer, wagte es aber nicht, sie zu öffnen. Wozu auch? Ich wusste genug. Den Rest der Nacht tat ich kein Auge zu.

Gegen fünf Uhr morgens kam Vittorio zurück und schlief sofort neben mir ein, als wäre nichts geschehen. Ein paar Stunden später klingelte sein Wecker. Er tastete beim Aufwachen nach mir. Das kannte ich nur zu gut. Heute bin ich alt genug, um offen zuzugeben, dass mir allein sein Verlangen als Beweis genügte, um das, was ich mir in der Nacht zusammengereimt hatte, als haltlosen Verdacht abzutun. Wir schliefen miteinander wie zwei nimmersatte Geliebte, was mich glauben ließ, wir wären es tatsächlich.

Selbstverständlich wusste ein Teil von mir, dass es in dieser Weise nicht mehr lange weitergehen konnte. Früher oder später musste ich meine Traumwelt verlassen und mich der Realität stellen. Blieb die Frage, was die Realität war.

In den nächsten Tagen beobachtete ich die beiden heimlich. Vittorio legte eine aufgesetzte Fröhlichkeit an den Tag. Der Sommer hatte bei ihm eine leichte Sonnenbräune hinterlassen. Als er sich eines Morgens rasierte, schaute ich ihm dabei zu. Er kämmte sich die rabenschwarzen Locken glatt nach hinten und zog ein weißes, frisch gebügeltes Hemd mit gestärktem Kragen an. Ich half ihm, es zuzuknöpfen. Während er die Manschettenknöpfe befestigte, knotete ich ihm die Krawatte. All das ließ er geschehen, ja, er genoss meine Hingabe geradezu. Mein Scheitel passte genau unter sein Kinn. Ich nahm seinen Atem wahr, der nach Zahncreme und Tabak roch und sanft über meine Stirn strich. Hals über Kopf tauchte ich darin ein, sog ihn mit geschlossenen Augen auf, um damit jede einzelne meiner Zellen zu füllen. Nach einer Weile stellte ich mich auf die Zehenspitzen und gab ihm einen unschuldigen Kuss auf die Wange. Nie zuvor war er so schön gewesen. Und er hatte mich geheiratet! Was konnte ich mir mehr wünschen? Wenn das ein Wettstreit gewesen ist, dann habe ich ihn längst gewonnen!, trumpfte ich innerlich auf. Doch schon beim nächsten Atemzug fühlte ich mich deswegen schuldig und gemein.

Elsa, die ja endlich eine Stelle gefunden hatte, freute sich nicht etwa, sondern jammerte nur herum. Sie klagte über Müdigkeit und schloss sich fast immer in ihrem Zimmer ein, sobald sie nach Hause kam. Einmal begegnete ich ihr im Korridor, da schniefte sie und wischte sich verstohlen ein paar Tränen aus den Augen. Ein hauchzartes Glücksgefühl erfasste mich. Vielleicht haben sie sich gestritten, frohlockte ich. Vielleicht hat Vittorio ihr ja sogar gesagt, dass er mich über alles liebt. Vielleicht hat er sie verlassen. Vielleicht … So weit war es also schon mit mir gekommen: Ich freute mich über die Traurigkeit meiner Schwester. Mehr noch, ich labte mich daran. Kurz darauf kam sie mir morgens jedoch mit strahlendem Gesicht und in bester Laune entgegen, sodass sich die Verzweiflung nun bei mir einstellte. Was, wenn Vittorio sich für sie entschieden hat? Wenn er mich ihretwegen verlassen würde? Was, wenn …? Die Unsicherheit fraß mich auf.

Es hätte nur einen Weg gegeben, um mich zu retten, aber das wäre auch der Weg gewesen, der mich umgebracht hätte. Ich hätte ihn zur Rede stellen müssen. Eine Erklärung von ihm verlangen sollen. Ihn zwingen müssen, eine Entscheidung zu treffen. Aber dieser Schritt hätte Folgen gehabt, die sich nicht würden umkehren lassen und auf die ich überhaupt nicht vorbereitet war. Denn wer hätte mir garantiert, dass er mich wählt? Deshalb blieb ich stumm, vor Angst wie gelähmt. Lieber wollte ich weitermachen wie bisher und einen langsamen Tod sterben, aufgehängt an einem seidenen Faden, aber wenigstens am Leben.«

Ein leises Poltern lässt Adele verstummen. Alle haben es gehört und sind zusammengeschreckt. Sie reißen die Köpfe herum und starren Leonardo an, der in seiner unbeholfenen Art aus Versehen eine Nippesfigur von einem Bücherbord gerissen hat. Zum Glück ist sie nicht kaputtgegangen.

»Tut mir leid!«, ruft er in keiner Weise verlegen aus, während er die Figur aufhebt und wieder an ihren Platz stellt.

Giulio und Annamaria kichern. Sogar Signora Conforti schmunzelt. Es ist wie früher im Kino, wenn zur Pause die Lichter angingen. Vorübergehend ist die Liebesgeschichte von Adele unterbrochen worden, das Rätsel hängt in der Luft, das wiederholte Missverständnis verlangt nach einer Erklärung, während die Zuschauer sich die Beine vertreten, eine Zigarette rauchen, auf die Toilette gehen oder sich ein Eis kaufen. Dann senkt sich das Dunkel wieder herab, und der Zauber stellt sich wieder ein, stärker sogar noch als bisher. Warum gibt es im Kino eigentlich keine Pausen mehr?, murmelt Elena.

»Hast du etwas gesagt?«, erkundigt sich Giulio.

»Nein. Und wenn, dann habe ich höchstens mit mir selbst gesprochen.«

Das ist sicher nicht der Moment, um die Szene anzuhalten und irgendwelche klugen Überlegungen zur Diskussion zu stellen. Als geborene Erzählerin weiß Elena, wann jemand sprechen sollte und wann besser schweigen. Jetzt, da sich innerlich sozusagen alle die Beine vertreten haben, will sie, dass Adele ihre Geschichte an dem Punkt wieder aufnimmt, an dem sie unterbrochen worden war. Sie will, dass das Licht erlischt und sich wieder Dunkelheit im Saal ausbreitet.

»Wenn es nach mir gegangen wäre, hätte ich bis in alle Ewigkeiten so getan, als würde ich die Wahrheit nicht kennen, sprich, dass meine Schwester und mein Mann eine Beziehung hatten. Und dass sie vermutlich jede Nacht miteinander verbrachten. Noch dazu in unserer Wohnung, am anderen Ende des Korridors, nur wenige Schritte von meinem Bett entfernt, in dem ich allein und mit einem Beruhigungsmittel intus schlief. Ich hätte mein Dornröschenleben auch mit der Wahrheit vor Augen fortgesetzt, doch hatte ich die Rechnung ohne Vittorio gemacht. Er war wie ein kleiner Junge, der ständig ein neues Spielzeug braucht, um sich nicht zu langweilen. Wenn er einer Sache überdrüssig war, brauchte er eine neue Herausforderung. Vielleicht liebte er sogar tatsächlich uns beide. Liebe indes gab es bei ihm nicht ohne Leid. Vor allem aber genoss er unseren Wettstreit. Es bereitete ihm Vergnügen, uns gegeneinander auszuspielen.

Vermutlich hält der eine oder andere von Ihnen Vittorio nun für einen gestörten, diabolischen und boshaften Mann. Aber Sie haben ihn nicht gekannt. Daher ahnen Sie nicht einmal, wie charmant er sein konnte, wie bezaubernd und geistreich. Allein seine Anwesenheit ließ alles ringsum erstrahlen. Mit Sicherheit war er eine äußerst komplizierte Persönlichkeit. Zu kompliziert für mich, die ich ihm blind vertraut habe. Sobald ich die gleiche Luft atmete wie er, fühlte ich mich lebendig. Allein der Gedanke, ihn zu verlieren, schnürte mir den Atem ab. Deshalb tauschte ich die panische Angst davor, dass er mich verlassen würde, freiwillig gegen die feste Überzeugung, dass er überhaupt keinen Anlass hatte, eine Situation aufzugeben, in der er alles haben konnte. Welcher Mann durfte sich schon rühmen, eine Frau und eine

Geliebte zu haben, ohne dass es Konflikte nach sich zog? Wir bewegten uns alle auf sehr dünnem Eis, das kurz davor war zu bersten.

Dafür fehlte nicht mehr viel.

Und dann geschah es.«

Adele Conforti verstummt. Sie schließt die Augen, als müsste sie sich eine Szene anschauen, die sich seit Jahren nicht geändert hat, die sich aber dennoch wieder und wieder im dunklen Saal ihres Kopfes abspielt.

»Es war ein Sonntagmorgen. Der Juni ging allmählich zu Ende, aber es war bereits warm, und die Sonne schien durch das weit offene Balkonfenster. Elsa schlief noch. Zumindest nahm ich das an. Vittorio aber war bereits in der Küche. Er hatte sich einen Espresso gemacht und schenkte sich gerade eine Tasse ein. Er trug ein blaues Hemd, dessen Ärmel er hochgekrempelt hatte. Die Sonnenbräune betonte seine Muskeln besonders vorteilhaft. Ich ging im Nachthemd auf ihn zu, das Gesicht noch verschlafen, das Haar offen über den Schultern. Meine unschuldige und von jeder Arglist freie Erscheinung muss in diesem Augenblick unerträglich für ihn gewesen sein.

Er lächelte mich giftig an und sagte: ›Da kommt ja mein Mädchen. Naiv wie eine Klosterschülerin. Aber mich führst du damit nicht hinters Licht, meine Liebe. Spar dir die Komödie also!‹

›Was soll das heißen?‹, fragte ich unwillkürlich.

›Was das heißen soll? Tu doch nicht so scheinheilig! Ich weiß genau, dass du es weißt.‹

›Ich verstehe dich immer noch nicht‹, erwiderte ich mit brechender Stimme.

›Verstehst du mich nicht? Oder willst du mich nicht verstehen?‹

Von der Schwelle zur Balkontür aus funkelte Vittorio mich wie eine Bestie an, während die Morgensonne auf seinen Rücken fiel. Ein Löwe, der sich gleich auf seine Beute stürzen würde. Sogar die Locken ließen mich nun an eine Löwenmähne denken.

›Du weißt ganz genau, dass ich mit deiner Schwester ins Bett gehe, aber du hältst den Mund, weil dir das im Grunde ganz recht ist. Ich gehe jede Wette ein, dass du sie mir zugespielt hast. Weil du dir gedacht hast, mit vereinten Kräften würdet ihr mich in die Knie zwingen. Ist es so oder nicht? Ich rede mit dir! Ist es so?‹ Seine Stimme war immer lauter geworden, jetzt schrie er regelrecht.

Ich brachte keinen Ton heraus. Meine Kehle war völlig ausgetrocknet. Damals bin ich jeden Morgen mit der Angst aufgewacht, mutterseelenallein in der Wohnung zurückgeblieben zu sein, weil Vittorio sich mit Elsa davongemacht und mich für immer verlassen hatte. Und jetzt beschuldigte er mich, ich hätte mich klammheimlich mit meiner Schwester gegen ihn verbündet! Ich war am Boden zerstört.

In diesem Moment verriet uns das Geräusch von Schritten, dass Elsa auf dem Weg in die Küche war.

›Da wäre dann auch das herzallerliebste Schwesterlein. Wenn ihr geglaubt habt, euer Spielchen könnte ewig so weitergehen, dann wart ihr gewaltig auf dem Holzweg.

Wenn hier jemand eine Entscheidung trifft, dann ich. Merkt euch das! Ich lasse mich doch nicht von euch zur Marionette machen! Die Liebe eines Mannes ist heilig!‹

Mir schossen die unterschiedlichsten Gedanken durch den Kopf, wenn auch in einem fürchterlichen Wirrwarr. Zum Beispiel fragte ich mich, was Vittorio mit diesem doppeldeutigen Geständnis eigentlich bezweckte. Eines aber wusste ich mit absoluter Sicherheit: Nichts würde mehr so sein wie bisher. Nachdem der Damm einmal gebrochen war, prasselten Tausende von Fragen auf mich ein. Was genau hatte Vittorio gesagt? Dass er mich betrogen hatte?! Oder dass er mich verlassen würde? Und Elsa … Wie hatte sie mir das antun können? Wie hatten mich die beiden Menschen, die ich am meisten auf der Welt liebte, in dieser Weise hintergehen können? Der doppelte Verrat zerriss mich. Ich wollte Vittorio nicht verlieren, denn trotz allem, was er mir angetan hatte, liebte ich ihn immer noch mit jeder Faser meines Körpers. Aber es war undenkbar, weiter mit ihm zusammenzuleben, als ob nichts geschehen wäre, vorausgesetzt, er wollte mich überhaupt noch. Und Elsa? Ich hatte sie immer geliebt. Aber jetzt? Erst hatte Vittorio sie mir genommen, dann hatte sie mir das Herz gebrochen. Die Verzweiflung machte mich seltsamerweise hellsichtig. Und wütend.

Ich sah Vittorio in die Augen und erklärte ihm leise, aber mit fester, fast herausfordernder Stimme, dass er mich gut und gern beleidigen könne, aber dass er meine Schwester gefälligst aus dem Spiel lassen solle. Hinter mir sog Elsa scharf die Luft ein und hielt dann den Atem an. Ich drehte mich zu ihr um, und wir sahen uns an, eine Sekunde lang nur, doch kam es uns vor wie eine Ewigkeit. Wir sagten kein Wort, aber das war auch nicht nötig. In diesem Moment wusste ich, dass jenes tiefe Gefühl, das uns beide verband, unangetastet geblieben war und sich als wesentlich stärker erwiesen hatte als die kranke Liebe, die wir beide für Vittorio hegten.

›Und jetzt?‹, schrie mein Mann, um unsere Aufmerksamkeit wieder auf sich zu lenken.

Wir drehten uns ihm zu.

›Macht ihr jetzt gemeinsame Sache?‹, brachte er voller Hohn heraus. ›Sollen wir uns zu dritt vergnügen? Von mir aus, ich bin dabei.‹ Er fingerte aus der Hosentasche eine Schachtel Zigaretten und zündete sich mit einer ebenso eleganten wie theatralischen Geste genüsslich eine an.

›Ist es das, was ihr wollt? Was seid ihr bloß für dumme kleine Flittchen … Aber gut, dann zeigt mir mal, was ihr auf dem Kasten habt!‹

Zwischen den einzelnen Beleidigungen führte er die Zigarette an seine Lippen und machte einen Schritt nach hinten. Am Rand des Balkons hatten die Arbeiter die Brüstung noch nicht befestigt. Vittorio verlor das Gleichgewicht und fiel.

Niemand hätte einen Sturz aus dem fünften Stock überlebt. Nicht einmal er.«

Istanbul, 22. April 1978

Liebe Adele,

*mein letzter Brief an Dich war schwierig, das weiß
ich, schwierig zu lesen, aber – und das darfst Du mir
getrost glauben – noch schwieriger zu schreiben.
Deshalb will ich Dir heute nur berichten, wie glücklich
ich bin. In meinem kleinen Königreich, in dem die
Wonnen des Fleisches Triumphe feiern und sinnliche
Blicke zwischen den Dampfschwaden Haschen spielen,
habe ich einen ganz neuen inneren Frieden gefunden.
Eine Seelenruhe, die ich für völlig unerreichbar
gehalten habe, hatte ich mich doch mit den jähen
Stimmungswechseln, die mein unduldsamer und
rastloser Charakter nun einmal mit sich bringt, längst
abgefunden.
Gib es zu, Du kannst mir kaum glauben!
Selbst meine Freunde sind verblüfft. Sie behaupten,
der Hamam habe sowohl meinen Körper als auch
meinen Geist weicher werden lassen. In der Tat hat
mich die entspannte Atmosphäre, die dort herrscht,*

*liebenswerter und umgänglicher gemacht. Bis zu
einem gewissen Grad, versteht sich.
Gestern zum Beispiel habe ich einem Liebhaber erst
mal die Leviten gelesen. Der Mann kann sich einfach
nicht entscheiden, erwachsen zu werden. Im Grunde
habe ich ja gar nichts gegen diese ewigen Kinder, aber
mit vierzig sollte doch wohl jeder einsehen, dass man
als Alleinerbe in einer Industriellendynastie ernsthaft
ins Geschäftsleben einsteigen muss und nicht länger
zusehen darf, wie der eigene hochbetagte Vater den
Laden am Laufen hält. Früher hätte ich ihn vermutlich nicht in dieser Weise zusammengestaucht, aber
heute, da ich in meinem kleinen Reich selbst eine
Unternehmerin bin, stelle ich zu meiner eigenen
Überraschung fest, dass ich auch von anderen Entschlossenheit und Verantwortungsbewusstsein
verlange. Nur bei Dichtern und Künstlern mache ich
eine Ausnahme. Sensibel, wie sie sind, leiden sie in
ihrem Leben schon genug. Deshalb verzeihe ich ihnen
alles. Ein Kunstwerk zu schaffen kann viel Leid
verursachen und Dir regelrecht die Seele aufscheuern.
Doch die Schönheit eines Gedichts, das unsere Gefühle
besingt, oder auch die eines Bildes, das verzücktes
Verlangen veranschaulicht, ist jeden Schmerz wert.
Nichts lässt sich mit einem Kunstwerk vergleichen
oder mit der Freude, die Du empfindest, wenn es
Dir geschenkt wird.
Und ich weiß, wovon ich spreche, denn ich habe das
Glück, viele Künstler zu kennen. Einige sind intime*

*Freunde von mir, andere waren es. An jeden erinnert
mich ein Schatz: ein Gedicht mit Widmung, ein Bild
oder eine Skulptur.*

*Letzte Woche ist im Hamam ein junger Mann
aufgetaucht, der seit einigen Jahren in Rom lebt. Er
hat mir erzählt, dass er Regie studiert. Er ist in
Istanbul geboren worden und auch hier aufgewachsen,
aber ist in seinem ganzen Leben noch nie in einem
türkischen Bad gewesen. Wir haben beide darüber
gelacht.*

*»Was hat dich denn jetzt hierher verschlagen?«, habe
ich ihn gefragt, wobei ich ihn von vornherein geduzt
habe, wie ich es durch die Bank mit all meinen Kunden
halte. »Und was hat dich ausgerechnet zu mir
geführt?«*

*»Es mag Ihnen absurd erscheinen, aber ein italie-
nischer Freund hat mir von dem Bad erzählt. Er ist
vor ein paar Monaten bei Ihnen gewesen, auf
Empfehlung von Bekannten, die behaupten, dies sei
der beste Hamam in ganz Istanbul. Das Gerücht
verbreitet sich schnell …«, hat er mir artig geantwortet, um dann so rasch hinzuzufügen, als wollte er
sich rechtfertigen: »Ich bin aber bloß aus Neugier hier.«
Ich habe ihn auf Anhieb gemocht. Sein Blick war offen
und ehrlich, während er sich im Vestibül umschaute. Er
war durch den Hintereingang hereingekommen und
drehte sich immer wieder nach ihm um. Fast hatte ich
den Eindruck, er wolle gleich wieder in die schmale
Gasse flüchten. Im Übrigen genügte mir ein Blick, um*

zu erkennen, dass er aus gutem Hause stammte und eine erstklassige Erziehung genossen hatte – und vielleicht war eben sie es, die ihn hemmte. Unsere Erziehung zwängt uns mitunter in ein Korsett, das wir nur schwer wieder ablegen können. Mittlerweile habe ich mir längst einen Röntgenblick zugelegt. Ich brauche jemandem bloß ins Gesicht zu sehen und weiß, was in seinem Kopf vorgeht. Deshalb hat es mich nicht überrascht, als der junge Mann sich von mir verabschiedet hat und durch den Hintereingang in die Gasse verschwunden ist. Aber ich wusste auch, dass er wiederkommen würde.

»Ich sage dir nicht Lebewohl, denn ich bin mir sicher, dass wir uns wiedersehen werden!«, habe ich ihm etwas provokant hinterhergerufen. »Wetten wir um den Eintritt! Wenn du wiederkommst, brauchst du ihn nicht zu zahlen!«

Zwei Tage später stand er wieder vor mir.

Wir sind Freunde geworden, ich und Orhan, der Student aus Italien. Inzwischen kommt er jeden Tag vorbei. Er erzählt mir von Rom, wohin er in einer Woche zurückkehren wird. Ich berichte ihm vom Hamam, von meinen Kunden und von meinen Freunden. Meine Geschichten amüsieren ihn, und ich weigere mich bestimmt nicht, sie zu erzählen, wenn schon jemand sie hören will.

Er kommt immer am späten Nachmittag, nimmt sein Dampfbad und lässt sich massieren. Anschließend besucht er mich im Vestibül, meinem Büro sozusagen.

*Er setzt sich auf einen der hölzernen Hocker mit
Intarsien, die ich für meine Kunden bereithalte, und
fragt mich über mein Leben aus, während ich ihm ein
Glas Tee eingieße. Für ihn bin ich wahrscheinlich eine
ziemlich bizarre Erscheinung. Wundern würde es
mich nicht, denn in ganz Istanbul hat es noch nie eine
Frau gegeben, die ein Bad geführt hat. Woanders
wahrscheinlich auch nicht. Wer weiß, vielleicht wird
Orhan ja eines Tages ein berühmter Regisseur, und ich
kann dann eine Figur in einem seiner Filme sein! Fürs
Erste genießen wir aber unsere Plaudereien. Irgendwann bricht er zu einer seiner vielen Verabredungen
auf, entweder um sich mit Freunden zu treffen oder
um seine Mutter zu besuchen, die in einem schönen
weißen Haus in Kalamış lebt, einem Viertel auf der
asiatischen Seite.*

*In letzter Zeit habe ich an Orhan allerdings immer
wieder einen angespannten Gesichtsausdruck beobachtet, als mache er sich über etwas Sorgen. Worum es
dabei überhaupt gehen könnte, war mir ein Rätsel, bis
er gestern mit der Sprache herausgerückt ist. Er hat
mir gestanden, dass er bei seinem ersten Besuch auf
dem Weg vom* Soğukluk, *also dem großen Raum, in
dem man erst einmal zur Ruhe kommt, ins* Hararet –
*mit seinen dichten Dampfschwaden das eigentliche
Zentrum des Hamams – einen wunderschönen jungen
Mann gesehen hat, eine geradezu göttliche Erscheinung. Der Körper – die reinste Statue und kaum von
einem Handtuch bedeckt. Das Gesicht mit energischen,*

aber ebenmäßigen Zügen. Goldbraune Augen und
feuchtes Haar, das ihm über die Schultern und den
Brustkorb fiel. Ihre Blicke hatten sich gekreuzt, erst
scheu, dann immer schmachtender. Der Unbekannte
hatte Orhan bei der Hand genommen und sanft in
eine Nische hinter einer Säule gezogen. Dort haben sie
sich umarmt und geküsst, eingehüllt in feinen Dampf,
der sie gleichsam zu schmelzen und aus ihnen einen
einzigen Körper zu formen schien. Wenn Orhan die
Augen schloss, schmeckte er immer noch den Mund
und die weiche Zunge des Schönen, dann spürte er die
kräftigen Finger, die seinen Rücken streichelten.
Als beide den Gipfel ihrer Erregung fast erklommen
hatten, hat sich der rätselhafte Jüngling abrupt aus
der Umarmung gelöst.
Orhan hat mir gestanden, er habe sich bisher noch
niemals jemandem so nahe gefühlt, mit dem er kaum
ein Wort gewechselt hatte.
Während sie sich mit energischen Bewegungen ab-
trockneten, habe der Unbekannte ihm zugelächelt,
als wollte er sich entschuldigen, ihr Zusammensein
beendet zu haben, noch ehe es zum Höhepunkt ge-
kommen war. Doch er fühle sich, wie er dann gestand,
an einem derart öffentlichen Ort nicht recht wohl.
Deshalb sollten sie besser zu ihm nach Hause gehen,
wo sie ungestört seien. Er würde auch ganz in der
Nähe wohnen. So hatten sie ausgemacht, sich vor
dem Hamam zu treffen.
An diesem Punkt der Erzählung verstummte Orhan.

*Seine Augen verdüsterten sich, und in sie schlich sich
ein Ausdruck, der gleichermaßen unglücklich und
verwirrt war.*

*»Und dann?«, habe ich ihn voller Ungeduld gefragt.
»Wie ging es weiter? Bist du zu ihm gegangen?«
Doch Orhan hat den Mann einfach nicht entdecken
können! Er hat noch lange vor dem Eingang auf ihn
gewartet, doch der Unbekannte ist nicht aufgetaucht.
Der, dessen Namen Orhan nicht einmal kannte,
blieb verschwunden.*

*Danach ist er täglich mit der Hoffnung in den
Hamam gekommen, ihm doch noch einmal zu begegnen, aber bisher hat er kein Glück gehabt. Warum war
er nicht zu ihrer Verabredung erschienen? Was war
geschehen? Orhan hätte wenigstens gern den Grund
für sein Fernbleiben erfahren.*

*Du malst Dir die Verwirrung nicht aus, die sich in
seinem Gesicht gespiegelt hat, als ich ihm gesagt habe:
»Diese Frage kann ich dir beantworten ...«*

*Allerdings befürchte ich, dass meine Erklärung seine
Enttäuschung und seinen Kummer nur verstärkt hat.
Was also war der Grund? Ganz einfach, Orhan hatte
am falschen Ort gewartet!*

*Natürlich wusste ich, dass Orhan immer den Hinter-
ausgang benutzt, aber erst jetzt begriff ich, dass er den
Haupteingang überhaupt nicht kannte. Er ist vom
Vestibül aus nicht leicht einzusehen, ein Raumteiler
aus Holz verstellt den Blick darauf. So hat Orhan am
Hinterausgang in der Gasse gewartet, während sein*

schöner Unbekannter vor dem Haupteingang stand,
der auf einen kleinen Platz hinausgeht!
Um Orhan zu trösten, habe ich mich deshalb angeboten, ihm bei der Suche nach seinem geheimnisvollen
Freund behilflich zu sein. Zu meiner Überraschung
musste ich jedoch feststellen, dass Orhans Beschreibung
zu keinem meiner Kunden passte. Was, wenn es
wirklich eine göttliche Erscheinung gewesen war?
Wie auch immer, in wenigen Tagen wird Orhan nach
Rom zurückkehren. Ein stattlicher junger Mann wie
er wird sicher keine Schwierigkeiten haben, eine
Begegnung zu vergessen, die es im Grunde nie gegeben
hat.
Mich selbst hat diese Geschichte veranlasst, über
verpasste Chancen nachzudenken. Wer weiß, wie viele
davon mein Leben bestimmt haben, ohne dass ich es
überhaupt bemerkt habe …
Und was ist mit uns beiden, liebe Adele? Werden wir
noch einmal eine zweite Chance erhalten?
Ich hoffe es.

Deine Elsa

Dürfen wir Ihnen vielleicht ein Stück Torte anbieten?«, fragt Giovanna, die gewissenhafte Gastgeberin. »Wir haben sie zum Nachtisch gebacken, ich werde sie gleich holen.«

Nach allem, was sie gehört hat, verspürt sie das dringende Bedürfnis, zur Normalität zurückzukehren. Der Normalität eines selbst gebackenen Kuchens beispielsweise. Außerdem hat Adele die Kekse nicht angerührt, sondern den ganzen Cognac auf leeren Magen getrunken. Das beunruhigt Giovanna. Sie selbst fühlt sich ja auch schon ein wenig benebelt.

Doch Signora Conforti reagiert nicht. Auf ihrem Gesicht liegt ein völlig leerer Ausdruck. Ihre Reise zurück in die Vergangenheit hat sie sichtlich erschöpft. Und eigentlich ist sie von ihr noch nicht wieder in die Gegenwart zurückgekehrt. Noch immer ist sie dort, am Ende der Sechziger, noch immer starrt sie auf den Balkon. Sie kann selbst kaum das Gleichgewicht halten, als sie in den Abgrund späht, der gerade ihre große Liebe verschluckt hat, den Mann, den zu lieben, den zu hassen sie bis heute nicht aufgehört hat. Sie reist durch die Trümmer ihrer Jugend, streift durch holpriges Gelände, das sie seit wer weiß wie lange geflissentlich gemieden hat. Von einem Punkt, der Lichtjahre entfernt zu sein scheint, schaut sie auf ihre erste Ehe, in der sie von höchsten Ekstasen in blanken Horror abgestürzt ist. Und wie damals bringt sie auch jetzt kein Wort hervor.

»Meiner Ansicht nach könnten wir alle etwas Handfesteres als eine Torte vertragen«, murmelt Leonardo mit tiefer Stimme, aber doch laut genug, dass Giovanna ihn hört.

»Es ist ja quasi Zeit fürs Abendessen«, bemerkt Giulio. »Wenn du also das Nudelwasser aufsetzt, helfe ich dir gern.«

Das Bedürfnis, die Beklemmung zu vertreiben, die sie alle erfasst hat, drängt sämtliche Freunde dazu, sich zu bewegen und die Starre abzuschütteln, in die Signora Confortis letzte Worte sie haben fallen lassen. Verwunderlich ist das nicht: Nur wenige Meter von der Stelle, an der Elsa vorhin gestorben ist, hat vor fünfzig Jahren auch ihr Liebhaber, ein Mann in der Blüte seiner Jahre, durch einen tragischen Unfall sein Leben verloren … Der Tod hat in dieser Wohnung eine Spur hinterlassen, die allmählich besorgniserregend wird – genau wie der schwache Atem, die verschleierten Augen und die starre Haltung Adeles.

»Signora Conforti?«, wendet sich Sergio alarmiert an sie. »Signora Conforti? Sind Sie wohlauf?«

»Wie spät ist es eigentlich?«, erkundigt sich diese nur.

»Viertel nach sieben«, antwortet Giulio, nachdem er einen Blick auf das überdimensionale Display geworfen hat, das er an seinem Handgelenk trägt. Als echter Kontrollfreak misst er aber kaum die Zeit, sondern überwacht seinen Herzschlag. Die Ehe mit einer Ärztin reicht nicht, um den Hypochonder in ihm zum Schweigen zu bringen.

»So spät schon?! Dann muss ich jetzt wirklich gehen.« Adele Conforti macht Anstalten, sich zu erheben, scheint aber unschlüssig, fast als würden zwei entgegengesetzte Kräfte in ihr streiten: der Wunsch zu fliehen und die Bereitschaft zu bleiben.

»Trinken Sie doch wenigstens noch einen Espresso mit uns, bevor Sie sich ins Auto setzen«, schlägt Giovanna vor.

Was sie aber eigentlich will, ist das, was alle wollen: Die Frau soll ihre Geschichte zu Ende erzählen. Sie soll ihnen verraten, wie es ausgegangen ist. Ihnen erklären, warum sie nach diesem tragischen Unfall mit ihrer Schwester gebrochen und ihr nie verziehen hat.

»Gut, einen Espresso nehme ich gerne noch«, willigt Adele ein. »Ohne Zucker bitte. Sie sind sehr freundlich.«

Die letzten Worte hat sie in dem Wunsch hinzugefügt, den Kommandoton etwas abzumildern, den sie sich im Alter angewöhnt hat.

Das war ja nicht schwer, sie zu überzeugen, denkt Giovanna. Während sie in die Küche geht und Wasser in die Espressokanne gibt – ein Automat kommt ihr nicht ins Haus –, zwickt sie das schlechte Gewissen. Wegen ihrer Neugier muss die arme Frau, die ja nicht mehr die Jüngste und vom Verlust ihrer Schwester erschüttert ist, nun allein im Auto über schlecht beleuchtete Straßen nach Hause fahren.

»Soll ich dir helfen?«, fragt Sergio.

Giovanna schreckt zusammen. Sie hat ihn gar nicht kommen gehört.

»Ja, gern. Wenn du schon mal hier bist, kannst du mir die rote Espressodose vom Regal ganz oben reichen, an das ich nicht heranreiche.«

»Mit größtem Vergnügen, Signora.«

Sergio streckt den muskulösen Arm aus, um nach der Dose zu greifen. Ob sie will oder nicht, sie muss an den diabolischen und charmanten Mann denken, der vor fünfzig Jahren in ihrer Wohnung gelebt hat und der, indem er Liebe wie Hass zu gleichen Teilen an die beiden Schwestern verteilt hat, dem Schicksal dieser zwei Frauen für alle Zeiten seinen Stempel aufgedrückt hat. Auch er hat in dieser Küche hantiert. Bis er sie dann eines Morgens betreten hat, um sie nie wieder zu verlassen. Sie erschaudert. Einmal mehr führt sie sich vor Augen, wie glücklich sie ist. Sergio ist der liebenswerteste und ehrlichste Mensch der Welt. Wer weiß, was vorhin in sie gefahren ist, als sie an seiner Treue gezweifelt hat.

Ja, sie hat Glück im Leben – doch ohne Sergio fiele alles zusammen wie ein Kartenhaus. Er ist die Luft, die sie zum Atmen braucht, der Sinn hinter allem. Vielleicht hat sie deshalb solche Angst, ihn zu verlieren. Vielleicht befallen sie deshalb gelegentlich grundlos Zweifel an ihm, so wie vorhin, als sie den Gespenstern ihrer Ängste das Ruder überlassen hat. Ohne es zu wollen, wandert ihr Blick zum Fenster. Zum ersten Mal fühlt sie sich in ihrer eigenen Wohnung nicht wohl. Die Vergangenheit scheint zurückkehren zu wollen. Ein verschwommenes Bild von Vittorio, den sie niemals gesehen, geschweige denn gekannt hat, legt sich über das ihres Mannes. Sie weiß, dass der Mann Anwalt war. Genau wie Sergio heute! Diese Übereinstimmung beunruhigt sie wie ein böses Omen. Es ist ein dunkler Schatten, der ihr zu verkünden scheint, dass sich ihre Liebe in Gefahr befindet.

Sergio, der von all dem nichts ahnt, lächelt ihr zu. Woran er wohl gerade denkt? Giovanna würde ihn gern in den Arm nehmen. Um ihn zu beschützen, vielleicht auch um ihn festzuhalten. Sie beugt sich schon vor, als sie hinter sich Schritte hört und innehält. Es ist Leonardo. Natürlich! Ihn hat Sergio angelächelt. Giovanna ist wie vor den Kopf gestoßen. Da hat sie gemeint, in Sergios Gesicht die Freude darüber zu lesen, mit ihr einen kurzen Moment der Zweisamkeit zu genießen, doch wie so oft ist die Wirklichkeit weitaus prosaischer. Die Wirklichkeit ist ein Freund, der dich mit einer Grimasse zum Lachen bringt. Bleibt die Frage, warum sie bei dieser Erkenntnis von einer unerklärlichen Traurigkeit erfasst wird.

»Wo bleibt ihr denn? Im Wohnzimmer herrscht Grabesstille. Mamma mia! Ich habe schon eine Gänsehaut. Die ist sogar noch da!«

Obwohl er mit beiden gesprochen hat, zeigt er seinen Arm mit dem weichen Flaum nur Sergio.

»Von wegen Gänsehaut! Wenn überhaupt, dann ist das Walrosshaut!«, zieht ihn Sergio auf und zwickt ihn in das kaum erkennbare Bäuchlein.

Im Gegenzug dreht Leonardo den Hahn über dem Spülbecken auf und bespritzt Sergio mit Wasser. Das ist ihre Art, auf die unvermutete Düsternis dieses seltsamen, fast irrealen Sonntags zu reagieren, der nie enden zu wollen scheint. Die reinsten Kinder, denkt Giovanna kopfschüttelnd. Bisher ist sie sich nicht darüber im Klaren gewesen, wie gut die beiden aufeinander eingespielt sind. Abermals verspürt sie einen seltsamen Stich. Fast fühlt sie sich in Gesellschaft der beiden wie das fünfte Rad am Wagen.

»Was ist denn los? Wir warten auf den Espresso!« Elena ist jetzt ebenfalls in die Küche gekommen, um nach ihnen zu sehen. »Es wird bald dunkel. Ihr wollt ja wohl hoffentlich nicht, dass die arme Frau an einem Tag wie diesem mitten in der Nacht allein nach Hause fährt?«

»Meinst du, wir sollen ihr anbieten, bei uns zu übernachten?«, fragt Giovanna.

»Ich glaube nicht, dass sie das annehmen würde«, kommt Sergio einer Antwort Elenas zuvor.

Seine Ausgelassenheit ist wie weggeblasen. Jedes Lachen würde ihm im Hals stecken bleiben.

Inzwischen sind auch die anderen in die Küche gekommen. Adele Conforti als Letzte. Als ob etwas – oder jemand – sie leiten würde, steuert sie geradewegs auf den Stuhl zu, auf dem ihre Schwester gestorben ist, und lässt sich darauf plumpsen. Allen stockt der Atem. Erst nach einer Weile nehmen sie ihren Platz rund um den Tisch wieder ein. Hier hatte es begonnen …

»Es lässt sich kaum schildern, was man empfindet, wenn man einen Menschen vor seinen eigenen Augen sterben sieht«, murmelt Adele, während sie abwesend in ihre Tasse starrt.

Sechs Paar Augen, sechs Paar Ohren lassen sich kein Wort und keine Geste Adeles entgehen. Für den Bruchteil einer Sekunde liegt Giulio auf der Zunge zu sagen, dass sie genau wüssten, was das heißt, denn erst vor wenigen Stunden sei jemand in diesem Raum gestorben, doch im letzten Moment besinnt er sich zum Glück eines Besseren.

»Natürlich habe ich ihn damals gehasst, auch wenn ich ihn weiterhin verzweifelt geliebt habe. Aber seinem Tod beizuwohnen … das war furchtbar«, fährt Adele unsicher fort, wobei sie die Worte eigentlich an sich selbst richtet.

»Was heißt es denn, einen Menschen aus ganzem Herzen zu hassen? Nichts. Du weißt genau, dass dein Groll nur die Kehrseite deiner Liebe ist. Vergiftet durch Erniedrigung, Verdacht und Eifersucht, aber trotzdem genauso aufrichtig. Du lauerst ständig auf ein Zeichen, um dich ihm wieder zu Füßen zu werfen, denn du hoffst, dass er dich dann in die Arme schließt und alles vergessen lässt. Unsere Auseinandersetzung damals hätte auch eine Pantomime oder die Szene in einem Theaterstück sein können. Wir hätten das Ganze noch x-mal wiederholen und danach Frieden schließen können. Das wollte ich mir im Nachhinein unbedingt einreden, selbst wenn ich wusste, wie unsinnig das war. Etwas in unserem kranken Gleichgewicht war längst zerstört, aber von uns dreien vermochte niemand zu erkennen, was das bedeutete. Mit dem Unfall änderte sich dann alles.

Jahrelang habe ich diese Situation wieder und wieder durchlebt. Vittorio, der sich unbekümmert eine Zigarette anzündete und uns dabei mit Worten provozierte, die schneidend wie ein Skalpell waren. Ich, die ich meine Schwester ansah und mich dann wieder Vittorio zudrehte, um den Rauch zu beobachten, der als schmaler Faden von seinen Lippen zum klaren Morgenhimmel aufstieg. Auch ich wollte am liebsten davonfliegen oder mich in Luft auflösen, denn ich fürchtete mich vor Vittorios Worten. Er wusste bestens, mit welchem Schlag er mir die schlimmsten Wunden zufügen konnte. Aber das Verhängnis erwies sich als unabwendbar. Bevor er den Mund öffnen konnte, ließ das Schicksal ihn ausgerechnet an dieser Stelle zurückweichen, denn das Schicksal …«

»Haben Sie ihn denn nicht gewarnt?«, fragt Giovanna.

»Wusste er etwa nicht, dass der Balkon noch nicht gesichert war?«, hakt Annamaria nach.

»Selbstverständlich wusste er das«, antwortet Adele scharf.

Der Ton ihrer Stimme klingt aber nicht sehr überzeugend.

In den nächsten Sekunden sagt niemand ein Wort. Alle sehen sich bloß an.

»Natürlich haben wir geschrien«, fährt Adele fort. »Alle beide. Aus voller Kehle. Aber Vittorio war nur damit beschäftigt, sein Gift zu verspritzen, und hat auf unsere Schreie gar nichts gegeben. Er hat das Gleichgewicht verloren und ist gestürzt. So war das. Dennoch ... Die ganze Welt schien sich zu überschlagen, um sich anschließend neu zusammenzusetzen. Der Bann schien gebrochen. Das, was noch vor wenigen Stunden undenkbar erschien, war zu einer Wirklichkeit geworden, die wesentlich erträglicher und liebenswerter war, als ich es mir je vorgestellt hätte. Vittorio war gestorben, würde mich nun aber nie verlassen.

Seit diesem Tag ist er immer bei mir gewesen. Seine Anwesenheit spüre ich stärker als jede andere. Ich habe weitergelebt, noch einmal geheiratet und ein Kind gekriegt, aber in meinem Innern ist noch alles wie damals. Selbstverständlich habe ich Vittorio im Laufe der Jahre in einem Winkel meines Gedächtnisses versteckt, aber nach Ihrem Anruf heute stand er so lebendig vor mir wie nie zuvor. Auch in diesem Augenblick ist Vittorio bei mir, die Zigarette zwischen den Fingern, das Licht des Sommermorgens in den dichten Locken. Fast will mir scheinen, ich könnte ihn berühren.

Damals ging alles rasend schnell, doch sehe ich das Geschehen stets wie in Zeitlupe vor mir. Er reißt den Arm hoch wie ein Flamencotänzer, dreht sich um die eigene Achse und stürzt ins Nichts, ohne auch nur einen Schrei auszustoßen ... Seine letzten Worte hallten noch in der Küche nach, doch Vittorio war buchstäblich vom Erdboden verschluckt. Nur der feine Rauchfaden von seiner Zigarette zeugte noch von ihm.

Unsere Warnrufe waren zu spät gekommen. Es war ein entsetzliches Unglück …

Ich war die Erste, die sich danach rührte. An die Außenwand geklammert lehnte ich mich tapfer über den Balkon und blickte in die Tiefe. Wenn ich mich auf die Zehenspitzen stellte, konnte ich in der einen Ecke des Hofes seine Beine erkennen, die in völlig unnatürlicher Weise angewinkelt waren. Der Rest von Vittorios Körper war meinem Blick entzogen. Ein paar Sekunden lang wartete ich wie gebannt darauf, dass er sich bewegen würde. Dass er aufstehen, zu uns heraufkommen, sich den Staub vom Hemd streichen und uns wieder provozieren würde, als wäre nichts geschehen. Aber natürlich trat all das nicht ein.

Dann kam mir zum Glück der kluge Gedanke, meinen Vater anzurufen. Er hat mir eingeschärft, was ich als Nächstes machen sollte. Denn obwohl es sich um einen Unfall handelte, war ihm sofort klar, dass gewisse Vorsichtsmaßnahmen getroffen werden mussten, sonst würde man mir womöglich unangenehme Fragen stellen und der gute Name unserer Familie befleckt werden. Deshalb sollten wir behaupten, zum Zeitpunkt des Unglücks sei niemand außer dem Opfer in der Wohnung gewesen.

Er erkundigte sich, ob irgendjemand etwas gesehen oder gehört haben konnte. Als ich ihm antwortete, dass gegenwärtig bis auf eine alte Nachbarin im ersten Stock niemand im Hause sei, schien ihm ein Stein vom Herzen zu fallen. Sofort forderte er mich auf, die Wohnung zu verlassen und in eine Kirche, ein Café oder sonst wohin

zu gehen, wo viele Menschen waren. Bei unserer Rückkehr sollten wir dann so tun, als hätten wir den schrecklichen Unfall gerade erst entdeckt, Alarm schlagen und
die Polizei verständigen. An diese Anweisungen habe ich
mich strikt gehalten.

Ich hatte Angst, dass Elsa einen Tobsuchtsanfall erleiden und nicht mitspielen würde, doch das Gegenteil
war der Fall. Während ich noch mit unserem Vater tele-
fonierte, fiel sie in eine Art katatonischen Zustand. Ich
berichtete ihr haarklein, was unser Vater vorgeschlagen
hatte. Wir zogen uns in aller Eile an, ich nahm sie bei der
Hand, und sie folgte mir, ohne einen Mucks zu sagen.
Wir gingen in eine Kirche, die nur einen Katzensprung
entfernt war. Die Messe hatte längst begonnen, sodass
wir in der letzten Reihe Platz nahmen. Als der Gottes-
dienst zu Ende war, schlossen wir uns der Schar von
Gläubigen an, die zum Ausgang strebte. Vor der Kirche
traf ich eine Bekannte. In jeder anderen Situation hätte
ich sie wohl ignoriert, aber diesmal hielt ich es für geraten, sie zu begrüßen. Ihr gehörte das Haushaltswaren-
geschäft in unserem Viertel, und sie war eine quirlige,
redselige Frau. Während ich einige höfliche Worte mit
ihr wechselte, hüllte sich Elsa die ganze Zeit in Schweigen. Schließlich verabschiedeten wir uns von der Frau
und gingen nach Hause. Auf dem Weg bemerkte ich, dass
wir Glück hatten, ihr begegnet zu sein. Notfalls könnte
sie unsere Version des Hergangs bestätigen. Daraufhin
rastete Elsa aus. Sie warf mir vor, mich wie eine Kriminelle zu verhalten, die sich ein falsches Alibi verschaffen

wolle. Sie war völlig verwirrt und wusste nicht mehr, was sie sagte. Selbstverständlich war ich ebenfalls mitgenommen, doch hatte ich es schon immer besser als sie verstanden, ruhig Blut zu bewahren.

Sobald wir wieder zu Hause waren, rief ich den Notarzt und die Polizei an, genau wie es unser Vater mir geraten hatte. Er selbst hatte sich bereits auf den Weg gemacht und würde in einer Stunde eintreffen. Alles lief wie geplant. Die Polizei leitete Ermittlungen ein, dies aber hauptsächlich um festzustellen, ob die Firma, die mit den Arbeiten am Balkon beauftragt worden war, zur Verantwortung gezogen werden musste. Sogar die Zeitungen berichteten in knappen Worten von dem Vorfall, denn Vittorio war ja in einer renommierten Kanzlei tätig gewesen. Noch am Abend des verhängnisvollen Tages hat Elsa ihren Koffer gepackt und ist mit unserem Vater nach Viterbo zurückgefahren. Vor ihrem Aufbruch hat sie versucht, mit mir zu reden, denn sie wollte mir erklären, was zwischen ihr und Vittorio vorgefallen ist, aber das wollte ich gar nicht hören. Obendrein war sie immer noch außer sich, sodass ich befürchtete, sie könne Dinge sagen, die sie später bereuen würde. Hinter uns lag schließlich ein erschütterndes Erlebnis, und sie war schon immer leicht zu beeindrucken gewesen … Meiner Ansicht nach brauchten wir beide etwas Zeit, um all das zu verarbeiten. Ich konnte ja nicht ahnen, dass sie kurz darauf Italien verlassen würde und wir uns nie wiedersehen sollten. Als es mir dann klar wurde, habe ich zwar darunter gelitten, aber auch angenommen, es wäre vielleicht besser so.

Mein Vater hat mich am Tag nach der Tragödie hartnäckig zu überzeugen versucht, ebenfalls nach Viterbo zu kommen, doch da hat er bei mir auf Granit gebissen. Ich wollte Rom um keinen Preis verlassen. Mir ist klar, dass es schwer nachvollziehbar ist, aber damals habe ich meine einzige Rettung darin gesehen, in dieser Wohnung zu bleiben. Wenn ich mir ein neues Leben aufbauen wollte, musste ich in der Wohnung bleiben, in der Vittorio und ich ja auch Momente voller Glück genossen hatten. Nur hier konnte ich weiterhin die Luft atmen, die auch er geatmet hatte, seine Hemden liebkosen, mich in seine Laken kuscheln und mir mit seiner Bürste durchs Haar fahren. Nur hier hätte ich ihn noch einmal allein für mich ...

Keine zwei Monate später kam das Gericht zu der Überzeugung, dass es sich bei dem Fall nicht um ein Verbrechen gehandelt hatte, und legte ihn zu den Akten. Elsa verschwand noch am selben Tag. Mein Vater rief mich an, um sich zu erkundigen, ob sie bei mir sei, aber ich hatte sie seit dem Abend des Unfalls weder gesehen noch gesprochen. Die Liebe zu Vittorio hatte einen Keil zwischen uns getrieben, sein Tod vergrößerte den Abstand noch. Ich hing mit ganzem Herzen an meiner Schwester, dennoch ragte nun eine unüberwindliche Mauer zwischen uns auf.

Die Nachricht von ihrer Flucht – denn so empfand ich ihren Weggang – verbitterte mich im ersten Moment. Einmal mehr fühlte ich mich wie eine naive dumme Gans. Aber was hätte ich anderes von Elsa erwarten können?

Immerhin hatte sie mich hintergangen und versucht, mir meinen Mann auszuspannen. Ohne sie hätten Vittorio und ich uns niemals mit einer solchen Brutalität gestritten. Dann wäre er nicht gestürzt. Dieses Unglück lag nun wie ein Schatten auf uns. Nie wieder würden wir aus ihm heraustreten. Es war regelrecht eine Obsession. Jetzt, da Vittorio tot war, gehörten wir beide für immer ihm.

Am nächsten Tag wandte ich mich an eine Firma, die den Balkon abreißen und den unteren Teil der Tür zumauern sollte. Das machte ich nicht wegen Vittorio und seines Sturzes, sondern für mich. Jedes Mal, wenn ich zu diesem Fenster schaute, erfasste mich ein Schwindelgefühl, und ich drohte in den Abgrund zu stürzen.

Genauso ist es gewesen. Von meiner Schwester habe ich nichts mehr gehört. Unsere Mutter ist gestorben, irgendwann ist ihr unser Vater gefolgt. Elsa hat nie wieder von sich hören lassen. Nie wieder. Heute hätte ich sie zum ersten Mal nach fünfzig Jahren wiedersehen sollen, doch erneut hat eine Tragödie uns voneinander getrennt.«

»Warum behaupten Sie, dass Elsa sich nicht mehr gemeldet hat?«, fragt Giovanna. »Sie hat Ihnen doch über die Jahre einen ganzen Packen Briefe geschrieben!«

»Genau. Warum haben Sie die denn nie geöffnet?«, platzt es förmlich aus Elena heraus. »Warum haben Sie die Briefe einfach zurückgeschickt?«

»Welche Briefe?«, fragt Signora Conforti.

»Die Briefe von Ihrer Schwester. Aus Istanbul. Die da!«

Sergio deutet auf den Packen. Die ganze Zeit hatten

sie hier gelegen, am Rand des Tischs. Etliche Briefe, von einem gelben Band zusammengehalten und keiner davon geöffnet.

»Ach die«, erwidert Adele. »Als ob sich die Dinge mit ein paar Briefen wieder in Ordnung bringen ließen.«

Ihre Stimme klingt mit einem Mal hart wie ein Grabstein. Wo sind die Freundlichkeit und die Menschlichkeit geblieben, mit der sie die Geschichte aus ihrer Vergangenheit erzählt hat?

Wer ist diese Frau wirklich?

Istanbul, 9. Juni 1979

Liebe Adele,

letzten Sonntag bin ich bei der Sünnet *vom kleinen Mehmet gewesen, dem Sohn von Madelyn. Bei der* Sünnet *handelt es sich um die Beschneidungszeremonie, ein Ritual von zutiefst religiöser Bedeutung, das die Moslems seit Urzeiten praktizieren und bei dem ein Junge offiziell in die Gemeinschaft aufgenommen wird. Can, der Mann von Madelyn, ist ein ausgesprochen frommer Mann. Um dieses Fest würdig zu feiern, hat er weder Kosten noch Mühen gescheut. Es war ein wunderbarer Tag, voller fröhlicher Musik und köstlicher Speisen. Wir haben bis weit in die Nacht getafelt und getanzt. Am Ende waren nicht nur die Kinder hundemüde, sondern auch wir Erwachsenen. Madelyn und Can sind mir längst zu guten Freunden geworden. Sie und ihre beiden Kinder – neben dem sechsjährigen Mehmet haben sie noch Füsun, die vor Kurzem neun geworden ist – bilden meine neue Familie. Auf sie werde ich immer zählen können, selbst wenn*

ich eines Tages eine exzentrische alte Frau bin. Willst
Du wissen, wie ich mich in dreißig, vierzig Jahren sehe?
Als unaufhaltsame Abenteurerin, die ihrem Erzfeind –
also der Zeit, die vergeht – mit einem Lächeln auf den
Lippen entgegentritt, ausstaffiert mit farbenfrohen
Kleidern und bewaffnet mit dreisten Scherzen.
Glaube mir, es würde mir sehr gefallen, wenn Madelyn und Can bei mir einziehen würden. Die Wohnung
ist groß, es gibt enorm viel Platz, und ich brauche
längst nicht alle Zimmer. Dann hätte ich Gesellschaft,
und sie könnten die Miete sparen. Vorerst steht das
noch nicht an, denn noch genieße ich meine Unabhän-
gigkeit – und manchmal sogar meine Einsamkeit –
viel zu sehr. Gegenwärtig habe ich nicht die geringste
Absicht, mir das Leben schwer zu machen, indem ich
mich eventuell für das Kommen und Gehen von
Freunden und Liebhabern rechtfertigen muss. Aber
in ein paar Jahren …
Can ist Buchhalter in einer Import-Export-Firma,
und Madelyn könnte ihre Arbeit als Schneiderin auch
bei mir fortsetzen. Im Erdgeschoss gibt es ein großes
Zimmer, das ich nicht nutze. Es wäre geradezu ideal
für ihre Werkstatt. Irgendwann werde ich Madelyn
von dieser Idee erzählen. Ich bin mir sicher, dass sie
begeistert sein wird. Obwohl sie mindestens zehn Jahre
jünger ist als ich, spielt sie sich mir gegenüber gern
als Beschützerin auf. Wir beide mögen uns sehr. Sie ist
eine starke Frau und hat Charakter. Menschen wie sie
trifft man nur selten.

Die Sünnet *wurde im Haus eines Cousins gefeiert, das größer und bequemer ist als die kleine Wohnung, in der Madelyn und Can leben. Anfangs machte sich eine ziemliche Aufregung bemerkbar, gepaart mit Nervosität. Es handelt sich hier ja immerhin um eine blutige Operation, bei der einem Kind mit einem Schnitt die Vorhaut entfernt wird. Uns Menschen aus dem Westen mag das vielleicht als brutale Praxis erscheinen, aber ein Freund hat mir vor ein paar Jahren erklärt, das Ganze habe auch einen hygienischen und gesundheitlichen Aspekt. In erster Linie ist es aber ein Initiationsritus, was ja bereits Bilder von funkelnden Klingen, Blut und Schmerz heraufbeschwört. Ein Opfer. Genau wie jenes noch größere, das man sogar tagelang während des* Kurban Bayramı *feiert, was eben nichts anderes heißt als Opferfest. Es ist das höchste religiöse Fest im Islam. Aus diesem Anlass werden etliche Tiere getötet, vor allem Ziegen und Schafe. Damit soll an ein Ereignis erinnert werden, das im Koran erwähnt wird: Gott bittet Abraham, seinen Sohn Ismael zu opfern. Der Vater hatte das Messer bereits gezogen und setzte an, den Menschen zu töten, den er über alles liebte, doch da schickte Gott ihm einen Widder, den er anstelle des Kindes töten sollte. Bei dem Fest wird damit einer überstandenen Gefahr, aber auch der Unterwerfung gedacht. Was sind wir bereit zu opfern, nur um das Bild nicht aufgeben zu müssen, das wir von uns selbst haben? Damit unsere Eigenliebe keinen Schaden nimmt? Wie weit*

*würden wir gehen? Das sind Fragen, die ich mir
zuweilen stelle. Du nicht?*

*Der kleine Mehmet sah mit seinem langen, meisterhaft
bestickten Gewand an diesem Tag aus wie ein Prinz.
Sobald er aus vollem Hals losschrie, wurde er von allen
Gästen getröstet. Seine Onkel trugen ihn im Triumph-
zug durch den Raum. Die Anspannung, die zuvor
alle verleitet hatte, den Atem anzuhalten, löste sich
auf, denn die Operation war zu einem guten Ende
gebracht worden. Nun konnte gefeiert werden.*

*Mehmets Schmerzensschrei hat mich an einen anderen
Sonntag denken lassen, der viele Jahre zurückliegt.
Auch damals wurde ein Opfer dargebracht. Nur hat
damals niemand geschrien. Wir beide, Du wie ich, wir
haben geschwiegen.*

*Ich denke oft an jenen Morgen. Wie viel hätte ich Dir
zu sagen, aber am Ende kommt es nur auf einen
einzigen Punkt an: Wir haben es gewusst, und wir
haben es nicht verhindert.*

*Wir wussten, dass Vittorio stirbt, sobald er auch nur
einen einzigen Schritt nach hinten tritt.*

*Wir haben den Abgrund gesehen, doch ist uns kein
einziges Wort über die Lippen gekommen.*

*Wir haben uns einen ausgedehnten Moment lang
angeschaut und unsere Entscheidung getroffen. Sollte er
den Tod finden oder wir? Wir haben uns entschieden.
Wir wollten leben. Das würde ich Dir heute sagen.
Uns hat sich eine Chance geboten, und die haben wir
genutzt. Es war unsere Überlebenschance.*

Du hast ihm Deine Anschuldigungen an den Kopf
geworfen, damit er den letzten Schritt nach hinten
macht. Und weder Du noch ich haben ihn gewarnt.
Heute magst Du Deine Version der Geschichte erzählen, in der unsere Warnrufe auf dem Balkon
ungehört verhallt sind. Tief in Deinem Innern kennst
Du jedoch die Wahrheit. Ich habe danach einen
leichteren Weg gewählt: Hier in Istanbul weiß
niemand etwas und fragt niemand etwas.
Genau so war es. Wir wussten es, und wir haben es
zugelassen.
Letzten Endes war die Liebe stärker – und zwar jene
Liebe, die uns immer miteinander verbunden hat. Es
hat lange gedauert, bis ich das verstanden habe, doch
danach fügte sich endlich eins zum anderen. Und Du?
Siehst Du es heute auch so?
In all den Jahren hast Du nie etwas von Dir hören
lassen. Nicht einmal, um mir zu sagen, dass erst
Mamma und später auch Papà gestorben ist. Oder
um mich von ihrer Beerdigung in Kenntnis zu setzen.
Ich weiß nicht, ob ich imstande gewesen wäre, daran
teilzunehmen, aber Du hast mir die Entscheidung
einfach abgenommen. Ich musste all das von anderen
erfahren. Hinterher.
Ganz nebenbei: Das Leben ist kurz wie ein Atemzug.
Und am Ende bleiben einzig Wehmut wegen der
Dinge, die wir unterlassen haben, und das Bewusstsein, was aus uns geworden ist.
Wir werden immer Schwestern bleiben. In unserer

unverbrüchlichen Verbundenheit haben wir sogar den gleichen Mann geliebt und ihn schließlich getötet. Es war ein Mann, der uns auseinandergebracht hat und der uns schon bald in den Wahnsinn getrieben hätte. Der uns gedemütigt hat. Betrogen. Verletzt. Der uns sogar mit seiner Bosheit angesteckt hat.

Wir haben das Schicksal herausgefordert, verbunden in unserer Liebe, in der Gefahr und auch in der Strafe. Ich weiß nicht, wie Du es in all den Jahren Dir selbst gegenüber gehalten hast. Ob Du den Blick gesenkt hast, wenn Du an einem Spiegel vorbeigelaufen bist, oder Dir tapfer ins Gesicht gesehen und Deine Verantwortung anerkannt hast.

An die strafrechtlichen Konsequenzen hat unser Vater gedacht, der seine Beziehungen hat spielen lassen. Für ihn war es ein Leichtes, die Dinge so zu deichseln, dass die Familie außen vor geblieben ist. Schließlich hat es sich doch lediglich um einen verhängnisvollen Unfall gehandelt, oder etwa nicht? Bis auf das Opfer war niemand zu Hause ... Er hat sich da einen klugen Schachzug einfallen lassen! Wir verlassen die Wohnung und kommen ganz ahnungslos nach der Tragödie zurück. Und einen Streit hat es auch nie gegeben.

Diese Lüge hat mich angeekelt. Wieso diese Heuchelei? Aber Du hast das anders empfunden. Du hast Dich mit Deiner Rolle in diesem Theaterstück identifiziert wie eine erfahrene Schauspielerin. Wie eine Primadonna, die auf ihrem Schlachtross einreitet. Und am Ende hast Du selbst geglaubt, dass sich alles so zugetragen hat.

Im ersten Moment habe ich Dich deswegen gehasst,
denn mir hat keine Ruhe gelassen, was wir getan
hatten. Genauer: was wir nicht getan hatten. Trotz-
dem – und das weißt Du – habe ich nie aufgehört,
Dich zu lieben. Nicht eine Sekunde lang.
Vittorio ist unsere Krankheit gewesen, eine
Geschwulst, die in uns gewuchert hat. Nur so sind wir
zu dem geworden, was wir niemals hatten werden
wollen: zwei verlorene Seelen.
Irgendwann mussten wir uns entscheiden, ob wir
weiter mit ihm leiden oder wieder zu leben anfangen
wollten.
Einen dritten Weg gab es nicht.
Verheilt sind unsere Wunden nie. Wir haben uns
aufgerieben, jede von uns eine Gefangene ihrer eigenen
Schuld.
Nachdem uns dieselbe Leidenschaft verbrannt hat,
sind wir voreinander geflohen wie zwei Geliebte.
Diesen Worten wüsste ich nichts hinzuzufügen, außer
vielleicht, dass ich glaube, Dir nun nie wieder zu
schreiben. Ich werde eine andere Möglichkeit finden,
mich mit meinen Gespenstern zu unterhalten,
während ich das Leben unter Lebenden genieße.
Addio

Deine Schwester,
die auch Deine Komplizin und
Deine Weggefährtin ist

Giovanna reißt das Fenster auf. Die Abendluft riecht nach Klebsamen und strömt frei ins Zimmer, um sie in die Realität zurückzuholen. Um ihren Aufruhr fortzuwehen. Es geht nicht nur ihr so. Adeles Erzählung hat alle sechs aufgewühlt. Was für eine Tragödie, die sich hier in der Wohnung abgespielt hat.

Adele erhebt sich. »Es ist Zeit zu gehen«, verkündet sie in einem Ton, der diesmal keinen Widerspruch duldet. Dann dreht sie sich Sergio zu. »Haben Sie nicht noch etwas vergessen, junger Mann?«

Ihr Ton klingt etwas barsch.

Sergio schaut sie bloß ratlos an.

»Meine Briefe.«

»Sicher, verzeihen Sie ...«

Für den Bruchteil einer Sekunde hat er gehofft, Adele hätte sie vergessen. Immerhin hat sie jahrelang kein Interesse an ihnen gezeigt. Einfach zurückgeschickt hat sie sie!

Aber nun, da Elsa tot ist, liegen die Dinge offenbar anders. Jetzt möchte Adele sie haben. So bleibt Sergio nichts anderes übrig, als sie ihr schweren Herzens auszuhändigen.

Ein Lächeln schleicht sich auf Adeles Lippen. In Gedanken ist sie wohl schon bei der Lektüre. Sie behält die Briefe einen Moment lang auf der offenen Hand, als wolle sie diese wiegen, dann wandern sie in ihre Tasche.

»Vorhin haben Sie mich gefragt, warum ich Elsas Briefe immer ungeöffnet zurückgeschickt habe.« In ihrer Stimme liegt ein Hauch von Melancholie. »Die Antwort ist sehr einfach: Weil ich wütend auf sie war. Sie ist gegangen, als sie mich dringend an meiner Seite gebraucht hätte. Doch ich musste irgendwie allein wieder auf die Beine kommen … Sie hat einen sehr bequemen Weg gewählt, den der Flucht, während ich hier in Rom geblieben bin, von Trauer zerfressen und von Menschen belagert, die mir ihr geheucheltes Beileid bekundeten und mich mit ihrer unermüdlichen, geradezu krankhaften Neugier plagten. Wie hat das passieren können? Wusste Vittorio etwa nichts von den Arbeiten am Geländer? Und warum bist du nicht zu Hause gewesen. Freunde, Verwandte und Bekannte – sie alle stocherten noch nach den winzigsten Details, um sich dann hinter meinem Rücken die Mäuler zu zerreißen. Dass ich noch am Leben war, schienen sie mir nicht zu verzeihen. Es hat mich unendlich viel gekostet, mir einen soliden Schutzpanzer zuzulegen und mir selbst zu erlauben, noch einmal von vorn anzufangen. Jedes Mal, wenn ich einen Schritt nach vorn geschafft hatte, traf ein Brief von Elsa ein, um mich daran zu erinnern, dass sie nicht mehr an meiner Seite war. Es war, als würde ich eine schallende Ohrfeige erhalten. Während sie weit weg in schönster Sicherheit ihr Leben genoss, in Istanbul oder wohin auch immer es sie verschlagen hatte, musste ich die Suppe auslöffeln, die sie mir eingebrockt hatte. Wie hätte ich ihr das verzeihen sollen? Sie brachte nur Unglück. Und ihre Briefe genauso. Deshalb war es besser, sie nicht zu öffnen. Und sie mir vom Leib zu halten. Und wissen Sie was? Diese Ansicht vertrete ich nach wie vor. Wenn diese Briefe heute keine Gefahr mehr für mich darstellen, dann nur deshalb, weil das Leben selbst aufgehört hat, eine zu sein.«

Adele steht mitten im Raum, bereit zum Aufbruch.

»Einen Moment noch! Das hätte ich ja beinahe vergessen! Da fehlt noch einer!«, fällt es Giovanna schuldbewusst ein. Sie holt einen weiteren Brief aus der Schublade und reicht ihn Adele. »Ich denke, er ist auch von Ihrer Schwester. Er ist vor ein paar Tagen angekommen. Bisher habe ich es noch nicht geschafft, Sie anzurufen ...«

Adele nimmt den Brief an sich und steckt ihn zu den anderen in ihre Tasche, ohne noch ein Wort zu sagen. Abermals sieht sie nachdenklich alle an. Sergio und Giovanna. Annamaria und Leonardo. Elena und Giulio. In ihren Augen macht sie Enttäuschung aus, denn gerade geht ihnen auf, dass sie niemals erfahren werden, was in diesen Briefen steht. Was Elsa ihrer Schwester aus Istanbul geschrieben hat. Wie sie diese Geschichte gesehen hat. Diese tragische Liebe.

»Wie viele Menschen lieben im Geheimen, verraten und betrügen. Aber meine Schwester und ich, wir nicht.

Jedenfalls nicht mehr«, bemerkt Adele, und wieder liegt dieses angedeutete Lächeln auf ihren Lippen, als spräche sie mit sich selbst. Ihre Stimme ist nachdrücklich, beinahe streng geworden. »Wir sind immer aufrichtig zueinander gewesen.« Und dann fügt sie hinzu: »Wir haben keine Geheimnisse voreinander gehabt.«

Bei diesen Worten entnimmt sie ihrer Tasche einen seltsamen vergoldeten Gegenstand. Einen kleinen Stab mit einer Pinzette an einem Ende. In diese klemmt sie eine Zigarette. Das andere Ende des Stabs sitzt auf einem Ring, den Adele sich nun wie ein Schmuckstück über den Finger streift.

Sie zündet sich die Zigarette an, dreht sich um und geht.

Danksagung

Der erste Entwurf für die Geschichte von Elsa und Adele ist vor sehr langer Zeit entstanden, weit vor meinem Roman *Rotes Istanbul* (*Rosso Istanbul*) von 2013. Irgendwie ist dieses Projekt in der Schublade gelandet, wo ich es vergessen habe. Rein zufällig habe ich mich dann vor zwei Jahren während eines Gesprächs mit meiner Lektorin Nicoletta Lazzari wieder daran erinnert. Nicoletta ist es auch gewesen, die mich mit geduldigem Nachdruck gedrängt hat, es wieder hervorzuholen und weiter auszuarbeiten; wenn es jetzt in einer anderen Version das Licht der Welt erblickt, ist das ihr Verdienst. Dafür mein Dank.

Dank auch an Adelaide Barigozzi, die mich einmal mehr bei der Abfassung des Textes mit ihrem klugen Rat unterstützte.

Dank an Moira Mazzantini und Gianni Romoli, die mir stets zur Seite standen.

Dank an Mina, meinen musikalischen Hintergrund und eine gute Freundin: Ihr Rat ist immer von Wert.

Und an Sezen Aksu, deren unverwechselbare Stimme seit über zwanzig Jahren meine Filme prägt.

Zum Schluss einen Dank an Simone, dem ich niemals genug danken kann und dem auch dieses Buch viel verdankt.